新世紀文心雕龍

壹、部首詩偈白話解釋

貳、部首詩偈全文（大字體）

參、禮運大同篇傳燈學解白話解釋

肆、禮運大同篇傳燈學解全文（大字體）

伍、道之宗旨學解白話解釋

陸、道之宗旨學解全文（大字體）

柒、孝經開宗明義章白話解釋

捌、學道靜思心得

玖、之字跪叩禮拜法

◎愚後學王世仁

沐恩誠躬編撰

新世紀文心雕龍目錄

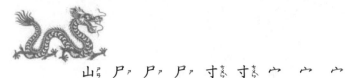

目錄

新世紀文心雕龍

作者自序：

中華固有文化傳統綿延五千多年，累聚無數人類的智慧結晶，十分博大精深，其中包含格物、致知、誠意、正心、修身、齊家治國、平天下等，從個人自己的正心養性、修身做起，接著如何持家、經世治國、及如何平天下，以達太平盛世之大同世界等。

尤其人文素養、民族融合、傳統文化，例如孝道觀念、因中華民族已有五千年的歷史淵源，故實乃博大精深，已深化潛入人民之日常生活之親情倫理中，風俗習慣及民心都比西方樸實良善，且比較有道德心及奉行孝道思想，更因中國乃世界第一大國，擁有十多億人民，各類產品需求市場廣大，而且華僑及華商遍佈全球，因而中國及中華固有文化，尤其中文之溝通，對全世界之影響已是非同凡響，全球的人士都正向中國靠攏及學習

中文及中華固有文化。

而今全球人士，都想迅速學會中文，並想快速融通中華固有文化，因此，後學乃立志將中文及中華文化，做一個有系統的整理與整合而撰寫本書，以幫助國人及外國人，更希望本書可以成各國教育機構，及推行中文讀經或中文讀書會的民間團體，當作輔助教材，可以輕鬆且快速學會中文及明白或認識中華固有文化。

本書最大特色是收錄中國字約有二千六佰多字，然後，將部首相同的文字，撰寫成每句都有押韻的句偈，其中沒有一字重複，而且每句及同部首的句偈，都含有中華傳統固有文化之哲理及佛法禪學等喻意。並且每句及每首句偈，都有白話解釋，然後有些句偈，還另外再加註，而點出其哲理及禪學等喻意，而這白話解釋及附註的白話喻意、再加上文言文句偈，總合約有一萬多單字，因此只要讀者肯用心研讀熟記及理解此書的內容，將幫助讀者能快速記憶及體會融通中文及中華文化等，希望此舉能夠有效

且實際幫助讀者；並因而能將孔聖的世界大同及釋迦牟尼佛祖的蓮花邦的佛國淨土，及耶穌基督的博愛世界、穆罕默德及古蘭經中的回回世界，老子的道德世界，等五教聖人的理想世界，早日融合而普遍實現於當今世界。

因此，在本書中，也將孔聖的「禮運大同篇」、及各教聖道或佛道等的「道之宗旨」，各字逐一撰寫成冠頂八句偈，並再逐句白話註解，以幫助讀者快速體悟並融會貫通其精髓，而能心領神會，容易在日常生活中，實現力行，能夠讓自己，由格除自己的心物，致己之良知原能乍現，無念或無所住心以至誠己意，克己復禮以端正己心，然後修身養性而三元貞固、智慧大開、德智兼備，以致可以進一步齊家、治國、而天下太平，實現五教聖人的理想世界於人世間。

接著再將於禮運大同篇及道之宗旨兩篇中所提，可以讓心念合一的叩首禮拜法—之字型叩首禮拜法，其原理、實施方法、及實施中可能會遇到的方法、及它大致有那些好處，加以整理整合，統要地撰入本書中，作為讀者參考，或者至少可以將此叩首禮拜法，當作一種每日拉筋舒展骨頭，或使身心靈平靜的運動，以強健孩童、學生、家人、國人的身心靈的全民運動。

另外，本書也將孝經開宗明義章加以註解，讓世人能契悟孝經精髓，而將中華固有文化的核心價值—孝道推廣至世界各角落，使人人都成了大孝子—成聖成佛，超拔九玄七祖至永遠光明的佛國極樂世界或天堂。

後學也將自己一些愚昧實行及參悟心得，藉本書向各位讀者、長官、家鄉父老、及諸位大德報告或分享。

最後，感謝後學父母親、太太、三位女兒的支持，由於她們都堅守本分，分擔家務、公司業務、並且全家包含我們父母親及夫婦倆與社區志工，再加上社會賢達的輔導，能於過去連續不斷的十五年歲月中，共同發起及負責光明里社區及光華國小兒童讀經班、青少年免費課輔班，社區免費成人讀書進修班，及早期所開的社區易經研讀班，而且至今仍未稍歇間斷。

並感謝各界及各基金會的耆宿大德、及至親好友、社區同修共辦的志工們的鼓勵、支持、及栽培；也感謝我們夫婦所開設，宏炬德企業股份有限公司等公司員工及所有客戶及供應商，長期支持公司的業務，後學才能撥空學撰本書。而今也藉此書，誠心向自己由小至大所接觸的各位前賢大德、親朋好友等、及父母親大人，後學如有愚昧無知，造成對您們有所傷害、頂撞、爭執，無論有意或無意，皆在此向各位懺悔，向您們說：「對不起！請您原諒我！謝謝你！我愛您們！」

並且感謝出版公司的老闆、諸編輯、及新莊區林經理、潘鎮茂兄、廖榮騰兄、陳明雄同學、老頭子高榮同學、謝文欽老闆，及出版界先進翁經理等幫忙，及所參閱的各字典、辭典或書籍出版及編輯者，後學如有粗心謬用，也請原諒海涵！

本書是後學反復研讀，去年由晨星出版公司幫忙後學所出版之金剛經答問輯一書後，智慧蒙開，所撰寫的心得報告，方可於今出版，後學心中

實在感激燃燈古佛、釋迦牟尼佛、濟公活佛、及六祖、觀世音菩薩等，由於有他們對金剛經及心經的精闢著經及註解，才能參悟心要及精髓，而編撰此書。

本書的研讀方法，可先跳過略為生澀的文言文句偈，直接先讀白話解釋及附註的喻意，或先挑幾篇輕鬆淺白的章節先讀，再擴而廣之讀較生澀的章節，但事實上孩童及外國人等初學者並無生澀之感喔！另外可成立親子兒童讀經班或成人讀書會、或讀友會，由背誦文言文的句偈開始，每日背四十個字，則三個月就背完，更可在背熟後或一邊背誦、一邊讀白話解釋，或小孩子背熟後，父母親再將白話解釋等，用說故事的方式，說給孩子聽。總之，喜歡或高興參讀即可，不必勉強研讀。先預祝大家心得收穫滿滿，或受益匪淺！

在此，預祝大家的身心靈早日康復，並且元精、元氣、元神等三元能貞固不漏，而能精進力行如孝經所說的大大孝，而大開智慧、廣發大慈大

悲心、及博愛精神，聖凡皆如意、家庭和睦、族群及各宗教融合無爭、國家社會均富且均安、天下太平，五教聖人的理想世界能融合，早日實現於世界上！

愚後學王世仁沐恩學撰

壹、部首詩偈白話解釋

二字部首五言偈：

井五互些云，二亞于亟亙。

二字部首偈白話解：

自己身上的眼耳鼻舌身五根，就像五口深不可測的井，每天向我們不斷地索求物質供應，而且彼此之間還有些許互云（互動），互相交流所得。心有陰陽二種—一為陰心（人心），一為陽心（道心）此乃自身之第六根。此陰陽二心須亞順于無亟（無極自身佛性），此乃亙古不移的真理。也就是中庸所云：「率性之謂道」。

人字部首八言偈：

佛陀俊仙俐仕佳僧，侯伯偉傑俠侶儒僮，
使倌偽僚保傅僕傭，侏儸僑佃傻俘僱佣，
倒債付儘佚依伶仃，催促俺倆偕作仝併，
俯仰企信借假修仁，倉儲備優但仍儉供，
侍俸低侈何倚僥倖，仗佰仟億倘傾值停，
俏倩傢伙伏休似俑，倔傲偏僻伐傷儀倫，
佈什倍來佑你健伸，估價以件伺候佐份，
余今做個條例便令，侵佔傍側住位儼偵。

人字部首偈白話解：

世上的人，不外乎有如下幾種：

在世就已是肉身活佛頭陀、或俊德的活神仙活菩薩、聰俐的信仕或讀書人、身心修養頗佳的戒僧；

有人則是諸侯、伯爵、偉大傑出的科技或商仲人才、俠義的伴侶、鴻儒碩僮。

正使臣倌、偽善的官僚、保長師傅、僕役或傭人。

身高短矮的侏儒、倭儸（倭奴傀儸）、旅居外國的僑胞、佃農、傻子、俘虜、傕主、佣工。

僚倒欠債，償付完儘後，山窮水盡家產全無時，佚失依靠、孤苦伶仃。

催化修促自我的身心倆者，能和諧並作、全全雙併合一。

俯臥仰躺之間、企崇正信聖道，借用今生之假肉體，修成仁德的聖人。

倉庫儲藏完備優渥、但是生活仍然節儉供養。

奉侍供俸家中的老小，低調避免奢侈，何敢倚賴僥倖之心，而享奢華生活。

縱使依仗自己擁有佰億或仟億家產，倘若傾頽或過世時，佰仟億的身價即刻與你停止所有權的關係。

俊俏倩麗的人或傢伙，伏睡或休絕時也好似屍俑。

倔強驕傲偏執邪僻的人，容易造成自伐，或伐折傷害交往禮儀及倫理之情義。

上天嘉勉行善的人，明處佈施什，而暗中卻加倍來酬報。並且保佑你能夠身心健康，心志也可以伸展。

生意上買賣的估價是以件或單位來計算，而伺養供奉他人時，也須要依被伺俸的人之所需來佐助，並且依自己本份來盡全力去實行。

咱余現今訂做一個條領遵例善便貞令。

侵犯暴佔傍邊周側的住居位置，儼束偵辦。

人字部首偈白話喻註：

舜及禹帝是何等有聖德的人啊！孔子也是何等有聖德的人啊！他們本是凡人所生的小孩，原來也只是凡人而已，但都能克己復禮而成了聖人，今天我們若是，有心想學他們一樣，有所作為的人，只要能堅持志向，將來也會像他們一樣成為有聖德的人。」

釋迦牟尼佛開悟時也說：「奇怪啊！奇怪啊！所有眾生都有佛性，所有眾生究竟必定成佛。」

故孔子及釋迦牟尼佛等五教聖人，及諸位佛聖付出一生的心血，有教無類、誨人不倦，最後都將弟子教育成聖賢或佛菩薩，而且諸位佛聖的大德，至今仍然繼續教導後人，而且更廣泛敦化所有眾生而不已。

現今科學經濟社會，各界人士都奉行價值工程為圭臬，尤其工廠領導階層更是處心積慮，要將人力、物力、財力、空間、時間做最大最有效率的應用，而想用最少的資源及成本，獲得最大的收益。但無論任何人，終身或一生能賺得全世界，例如歷代的國王或皇帝等，也無法在死時，將其所擁有的一切帶走。連最貼身的肉體都帶不走。故以上兩位聖人的聖德典範，實在足夠供我們省思及探討？然後修正我們的人生價值觀，向他們盡心盡力學習。

外國人常講：「您吃什麼，您就是像您所吃的一樣」。真是一語驚醒夢中人！古人說：「要想怎麼收穫，得先怎麼栽」！所以本偈中說，人不外乎可分成以下許多種類：活佛頭陀、俊德的神仙、聰俐的士人或信仕、佳修的戒僧；諸侯伯爵般的皇宮貴族、偉大傑出的科技或商仲人才、俠義至情的佳偶伴侶、鴻儒碩僮；正使臣倌、偽善官僚、保長師傅、僕役傭人；侏儒倭儸、外僑佃農、傻子俘虜、僱主佣工。

各位不妨捫心自問？現在自己是屬於那一類人，將來想成為那一類人？那一類人是可以成為如孔子及釋迦佛祖的人？那一類人是大孝子？那一類人聖德永昭天下及大德敦化後代子孫？其實我們都可以同時聖凡兼顧并進，一邊工作賺錢養家，一邊學習成聖成佛之道及實行聖佛之道。但這一切都須從更正自心開始，重新省思自己的人生價值，重新規劃，甚至先學古人訪明師開智慧，找到成聖成佛之正道及方法，然後聖凡並進，將自己及家人一生的價值，發揮到最大最極致。

各位前賢，我們不妨效法一字不識的六祖，因當五祖問六祖：「你是南方獦獠，你來此見我是為了什麼事？」而六祖直接回答：「人有南北之分，但佛性沒有南北種族種類之分，而且今天來此只想能學做佛事，而能今生成佛。其他無所追求。」

一字不識的六祖都能成為一代宗師，各位前賢呀！絕對不可自卑自暴自棄，甚至妄自菲薄呀！更何況一子成道，九玄七祖皆升天！

儿字部首八言偈：

兀元充足兆光免凶，兜兔先克兢兒兌允。

儿字部首偈白話解：

兀兀不動的元神充裕富足，則佳兆的佛光庇護，免除凶災。

兜鬧不停的兔子（自身的眼耳鼻舌身意），能事先克制，就能兢惕元嬰孩

兒（自身元本佛性），喜兌（同悅）地允執厥中。

冫字部首五言偈：

冰冬准凋冷，凜冽凌凍凝。

冫字部首偈白話解：

冰霜的冬天准定凋零寒冷。顫凜淒冽冰凌以致萬物凍僵凝結。

冫字部首偈白話喻註：

本偈比喻一個人，如果不學孔子或釋迦摩尼佛或觀世音菩薩熱心淑世，以力行大同世界及蓮花邦的世界，能早日在人世間普行，甚至他的心對於世人，都是冷漠無情，那就會如本偈所言：「冰冬准凋冷、凜冽凌凍凝」。因

為由物理學及量子力學可證：「作用力等於反作用力」。這是佛教因果關係的佐證，也是古人所云：「要想怎麼收穫，先怎麼栽」。

刀字部首八言偈：

刀刃分切削刮剁剷，刺划剃刨剋剖割劍，判別刪劃劇則列刊，刷前剎劈剛剔剩剪。

刀字部首偈白話解：

用刀刃來分割切剖，或削消、刮減、剝除、剷平。；或是刺宰、划清、剃光、刨去、剋滅、剖開、割掉、劍削，多餘不是的地方。

判定分別，並且刪改劈劃劇情要則及序章，然後再出刊。

印刷前再度校稿剎簡劈修，用剛直正義剔除不是之處，並將剩餘繁雜剪除。

刀字部首偈白話喻註：

本偈比喻悟道後，用智慧的刀刃（本自如來金剛智），來分割切剖，或削消刮減剝除剷平；刺宰划清、剃光刨去、剋滅剖開、割掉劍削，玄關正門自在佛性以外，多餘不是的地方（六根所迷染六塵）。

口字部首八言偈：

嗎哦唉呀哉吧喲嗯，喟嘆唷唔嘿咦啊哼，
喂嗨哈囉呼喚喊問，咖啡啜含吱喳嚐品，
嘰哩咕嚕嘩啦吃啃，吹噓唧呱喧嚷吆哄，
吶吵嘎嚎咆吼嘶吭，喇叭嘹囂哨嗖噹咚，
哮喘噎嗝噢咻哽呻，咽嗓嚅囁咳嗽嚏噴，
嗆嘔吸吐嗑喝咬吞，咀嚼嘴喙噬嚥喉嚨，
嘮叨嗦唸咐囑叮嚀，嘻嘲嚇唬嘈嘖喋吩，

嗶哇吠哞咩咪喵嗡，呢喃啁啾喔啼嘯吟，
吊喪吁哭嘀叫哀鳴，囊口司嚴周和哲命，
呆商吝嗇嗜噩召名，嚮古嘉史吉吏喬君，
咱吾只可咸叩合同，另否器味告咎咒呈。

口字部首偈白話解：

說話或與人對話時，常用到的語尾助詞有：嗎、哦，唉、呀、哉、吧、喲、嗯；常用的歎氣、驚歎、驚訝、驚異、助詞則有：喟、嘆、唷、唔、嘿、咦、啊；懷疑輕蔑則用哼字。

剛見面時，打招呼用的語助詞：喂！嗨！哈囉！這些都是用來呼喊叫喚他人或向他人問安的開頭語。

咖啡啜飲含香，又吱吱喳喳地跟他人聊天，並品嚐點心零食等食品。

餐廳內大家都嘰哩咕嚕、嘩嘩啦啦的一邊閒聊，一邊吃飯啃食佳餚。

彼此吹捧或噓寒問暖，唧唧呱呱地喧騰叫嚷、吆喝哄笑。
吶喊吵鬧、嘎響呼嚎，大聲咆哮、吼叫嘶鳴引吭。
啦叭聲嘹亮聒囂，吹哨聲嗖響，鈴聲叮叮噹噹響個不停，鑼聲咚咚敲響。
呼吸哮喘聲或吃東西噎嗆到，或吃太飽打嗝聲，身體病痛時噢咻呻吟哽咽聲。
咽喉嗓子口語吞吞吐吐（囁嚅），嗑食吃喝齒咬吞服。
咀嚼食物時嘴巴閉上合喙，然後經喉嚨食道吞噬嚥入肚子中。
嘮嘮叨叨囉哩囉嗦地叼唸，善咐囑善叮嚀仔細交代。
嘻哈嘲笑哃嚇唬弄，嘈鬧呵嘖喋喋不休地吩咐不停。吹哨聲嗶嗶叫、小孩哇哇叫、狗吠叫、牛哞叫，小羊咩咩叫，貓咪喵喵叫、蜜蜂嗡嗡鳴叫。
燕子叫聲呢喃、乳雀啁啾叫，雞子喔喔叫、烏鴉啼唏叫，虎嘯、猿狼咆吟。
吊喪時吁號啕哭，有時候低聲嘀咕傷吟、有時候大聲哭叫、哀悼悲鳴。
囊袋及口舌司管嚴儉，周擇和順聖哲天命。

智慧呆滯的商人，只知賺錢，卻吝嗇布施救濟他人，吃喝嫖賭吸的不良嗜好，最後給自己帶來噩運逞報，本來要召喚好名聲，最後因不良習性卻反而召來惡名。

嚮昭聖哲古道及嘉禎史經、品德功勳皆元吉的優良官吏、喬素有道的明君。

咱家自己的聖靈與吾我的身心，只可以咸悉闔叩天人合一同化。

另將自己自在佛性以外，會令人帶來惡否命運的六根相器及六塵雜味，否滯降伏，如此就能告別殃咎，隨時二六時中，篤持無上大神咒，敬呈上天。

口字部首偈白話喻註：

本偈比喻凡人每天只知嘰哩咕嚕嘩嘩啦啦地吃喝啃食，不知節制飲食，或者彼此吹噓唧唧呱呱地喧嚷喝吆哄笑，或是吹著喇叭喧囂，或吹著哨子嗖嗖叫，或敲打銅鑼叮叮咚咚響噹噹、吵鬧不知停歇。隨時心性迷失，只知耗用自身的六根（眼耳鼻舌身意）追求六塵（色聲香味觸法），不知訪求天命明師，以求得無上佛道至理，以致最後身心失調，得了哮喘病咳嗽不停，甚至病痛躺在床上噢咻呻吟不停。

以上行為不是與每天只會毫無意義的叫囂的動物一樣嗎？例如狗吠叫、牛哞哞叫、羊咩咩叫、小貓喵喵叫、蜜蜂嗡嗡叫；燕子呢喃叫、乳雀啁啾叫、雞子喔喔叫、烏鴉啼鳴、虎嘯、猿狼咆吟。

自己的囊袋及口舌要司理嚴明周全和順聖哲天命。更不可像智慧呆滯的商人，只知賺錢卻吝嗇布施行善，身染吃喝嫖賭吸五種嗜好惡習，最後召喚到噩運及惡名之逞報。如此不是糟蹋我們這出生為人，而身為萬物之長、又貴為天地人三才之一的人才。

我們必須讓自己的身心靈與道合一，方可與天合一同享永久極樂光明。也就是說，必須將自己的六根相器降伏，不被六塵迷染，方可告別殃咎，否極泰來。

土字部首八言偈：

塭塘堤坊圳堰壩墩，坡塢坦埔坎壑坼坑，
坷埂壞墟墓場墳塚，城垣堡壘塔埠墅埕，
垮墜塌塹垃圾堆增，填土地基壓堅坪均，
壇堂垢堵垂墮塵境，壤埃執塞圭墾培坤。

土字部首偈白話解：

漁塭池塘的堤坊，川圳河堰水壩的堤墩。
山坡塢丘上平坦的埔頂，崖坎谷壑的崩坼深坑。
坎坷不平的田埂及塌壞的廢墟，墓葬的場地及墳園或荒塚。
都城的牆垣堡壘，河埠的塔台、鄉林別墅間平坦的稻埕。
潰垮崩墜坍塌的塹谷，傾倒垃圾堆積增累。
填補土石的窪地，它的地基必須輾壓堅固，並使地坪均平。

天壇明堂積垢堵塞，垂落墮敗凡塵俗境。灰壤塵埃沉執淤塞，玄圭開墾培育乾坤正德。

土字部首偈白話喻註：

地球上的土地不外乎是，漁塭池塘或其堤坊、川圳河堰水壩及其堤墩；山坡塢丘及其平坦的埔頂，崖坎谷壑或崩坼深坑；坎坷或高低不平的田及其田埂、塌壞的廢墟、墓葬場、及墳園或荒塚；都城、牆垣、堡壘，河埠及塔台、鄉林別墅、及平坦的稻埕；潰垮崩墜坍塌的塹谷中，傾倒垃圾堆積增累。或填補土地的窪地，填平後將地基輾壓堅固，使地坪均平。

以上土地情況，就像是我們的自身肉體，如果修身有道，就如有堤坊的漁塭池塘，或有堤墩的水壩，可滋養魚類等，或灌溉水田，或供人飲水、或供水水力發電。也可經過規劃而興建成都城、堡壘、牆垣、河埠、塔台、鄉林別墅或平坦的稻埕。對人類有各種不同的貢獻。

但如果未經好好的規劃，則仍然是一無用處的崖坎谷壑或崩圻深坑；坎坷或高低不平的田及其田埂、塌壞的廢墟，甚至最後成為墓葬場、及墳園或荒塚。甚至潰垮崩墜坍塌的塹谷，被傾倒垃圾而堆積增累。

由此可知，每個人都有肉體，它就像是各種土地一般，不論是高低平塌，或在都城或荒野，如有修道或規劃，終究會有最良好的應用成果，對人類有所貢獻。而不會成為廢墟或荒塚。

如果自己的天壇明堂被六塵積垢堵塞，則自身的六根就會垂落墮敗，困於凡塵俗境之中。

如果自身的六根已是灰壞塵埃沉執淤塞，則必須將玄關內的自性佛，依正道圭臬，來開墾培育乾坤正德。使自己的清淨法身得以自在顯現。

大字部首八言偈：

太天央大夷夫契奉，奢夸夾失奄夭奚奔，奇奏奪奐奘奧奕奮。

大字部首偈白話解：

太古先天中央至大—維皇上帝，是所有夷人匹夫，都須契合並敬奉。

奢華夸飾夾雜的私欲，喪失道心，自身的六根奄忽（突然）夭折，奚幸（何能幸運）逃離呢？

奇功凱奏，才可勇奪美侖美奐；奘大玄奧的自在佛性，才可奕赫德奮。

大字部首偈白話諭註：

本偈主要是說：太古先天至大— 維皇上帝，是每人靈性的來源（中庸所云天命之謂性），是所有凡夫俗子或夷人匹夫都自然必須契合敬奉（率性之謂道）。

如果肉身被六塵的奢華夸飾及夾雜的私欲所迷惑，而喪失了原本的道心，如此自身的六根奄忽（突然）夭折，奚幸（何能幸運）逃脫呢？

唯有得道之正人君子，不斷力行內聖外王，正己而化大千，故他建立奇偉的濟世大功，凱歌高奏，才可勇奪美侖美奐學修講辦行道的成功人生；奘大玄奧自在佛性，而成聖成佛，使奕赫大德奮揚天下及千古。

女字部首八言偈：

妮妓姦婪嫉妒奸妄，妃妾妖媚娛嬉嫌妨，
奼嫣女媧嬌妍姬姜，妣婆姑姨媽嫂妻姊，
嬤嫗姆嬸妞姪妹姐，婚姻娶媳奴婢奶娘，
她如娃嬰妙好嫁妝，委婉姿嫩嫻媲嬨嫦，
姣嬿娟嫋姍婷孋孃，嫊妤嬪嬙孍嬚婦孀。

女字部首偈白話解：

無知小女孩、娼妓或奸婦，身心貪婪，慾望無窮，而且對於比自己好的人，產生憎恨的心，因而心術不正，心懷奸詐，隨時想陷害他人，行為更是荒誕，隨便胡行妄動。

妃嬪惻妾，妖裡妖氣奉承諂媚，逢人就攀關係巴結，平常只知追求娛樂嬉戲，專做一些令人嫌惡或損害妨礙他人的事。

奼紫嫣紅豔麗無比的女媧，也就是神話傳說中煉製五色石補天的德慧無雙的媧皇。真是氣質嬌美妍麗的貴族婦女（姬姜）的楷模榜樣。

女子一生的身份不外乎是賢考妣、年老婆婆、姑媽、姨母、兄嫂、妻子、姊姊；

奶媽、有養育之恩的老嫗、伯姆、叔嬸、家中的小女孩（小妞）、妹妹、道姐或學姐；

婚姻娶進家中的媳婦、外聘的奴婢、奶娘。

一位女子，若能保有如女娃嬰兒毫無對待的天心，及完全沒有被六塵所污染的心，這就是最高尚玄妙的最好嫁妝，任何的金銀財寶或權貴，都不能與之相比。

端莊委婉、氣質姿雅、心地仁慈柔嫩、嫺靜、足以媲美賢嬿奔月的嫦娥。面善姣好、安樂、娟秀、嫋窕溫柔、走路姍緩從容不迫、婷婷玉立、乃為人母中的最美好母親。

古代的女官—嫊、婕妤、嬪妃、嬙等都是端莊安靜美好的清美婦女，縱使丈夫已過世的遺孀也都是如此端莊清美。

女字部首偈白話喻註：

古代女子端莊賢淑、僅守三綱五常之婦德、不敢放縱自我，自己的身心得以維持清靜無染，故其心仁慈柔軟有如女娃元嬰，相夫教子、與人相處，無絲毫人心對待。故家庭樂道無憂，媲美孟母，故所生所養的孩子都能如孟子一般，既忠且義、正氣凜然。但今日的女子則需多向孟母學習。故善人王鳳儀說要救世界，改善世道，必須小女人子及母親先改好，因女子是世界所有人蘊育的搖籃及源頭呀！這是創造大同世界的根本起點，每個人都要盡其匹夫之責或以身作則，做為世人的楷模呀！這也是濟公活佛及白水聖帝為何推倡百孝經不遺餘力。甚至將百孝經批成聖訓，供世人精研孝道，而能將此百孝經的精髓推廣於人世間，期盼普眾皆能力行大孝喻親於道，並且自己能立身行大大孝揚名後世，一己能成道則九玄七祖皆能飛升。

子字部首八言偈：

孔孟孕孵孤孩孺孫，學子孝字孜孰孢存。

子字部首偈白話解：

孔子孟子兩位聖人，孕育孵化開導，在人世間輪迴，流浪在生老病死之間的遺孤孩兒及孺弱子孫，使他們可以明白：「學而時習之，不亦說乎！」並且依此實修實行。企盼最終都能成聖成賢。

學習孝道的孝子，能深諳孝字之真諦，孜孜不倦地精孰（同熟）孝道，並對父母孢孕之恩永存心頭。

宀字部首八言偈：

家宅完守宰官寰宏，富實宇宙宜寥宸宮，
它寮害寇宿寵宵寧，寢室安寐寒寓宛定，
宕寄客寨宗密寡容，寅寤寂寶宣寫察審。

宀字部首偈白話解：

家宅中能完善地盡守孝道的孝子，就足以擔任宏大寰球的主宰王官，宰制萬物。

想要昌信順實宇宙，先安宜寥糾皇帝所有的王宮。

如此，則它方遠寮侵害的賊寇，從前的宿愆驕寵，都能宵夙（日夜）安寧。

能夠身心道安，生活起居正常，就能在寢室中安穩地寐息睡覺，縱使如復聖顏回住在貧寒的寓所，也是宛妙神定。

嬉宕寄居在客館外寨，正宗的密寶就寡聞疏陋，而無法從容中道。

寅畏曉寤的禪寂玄寶，宣傳講述或撰寫時須洞察審諦。

宀字部首偈白話喻註：

本偈中的家宅、宇宙、它寮害寇、宿寵、寒寓、客寨、都是比喻自身靈魂以外的肉體—眼耳鼻舌身意六根六塵。而宰官、宸宮、寢室、宗密則暗喻為玄關正門及正門內的自在佛性。

只要能掃三心飛四相、六根（家宅、宇宙、它寮害寇、宿寵、寒寓、客寨）都能富實、宵寧、宛妙神定、寅畏敬謹、曉寤、及完守清淨後，其所沾染的六塵自能淨空。則自身玄關正門（宸宮、寢室、宗密）內的自在佛性（宰官）自能宵夙寧靜、從容中道（貞容）、玄寶禪寂。

寸字部首五言偈：

尉將專射封，寸室導尋尊。

寸字部首偈白話解：

太尉上將之才，專精於馭射而受到封賞。大根器的人才，引導眾生悟入方寸大小的玄關正室，並從此玄關正室中，尋獲自己無上至尊的如來自在佛性。

尸字部首八言偈：

屠屍屁尾屎尿層屢，屏居屋尼展屈屬履。

尸字部首偈白話解：

被屠殺的死屍，它的屁股尾部，都會有屎便及尿液，屢屢一層層的排泄出

來。

屏聲息氣，安居於庵屋中的尼姑，只要能堅毅不絕，終究可以展開她的屈節，屬咐世人履仁或履正道。

尸字部首偈白話喻註：

本偈比喻沒有人或動物願被人隨意宰殺，故當他或它被不情願地宰殺，都會將體內受委屈後的屎尿，從屁股尾部排泄出來，以明白表示其不情願被殺之志。

同理，能夠屏聲息氣，安居於庵屋中的弱小尼姑，只要能堅持到底，終究可以展開她的郁屈，屬咐世人履行仁道或正道。

故已訪求明師，得正道的正人君子，只要能有心學道、修道、講道、辦道、行道的人，並堅持到底，終究能夠展志鴻道而成道。道成天上、名留千古。

山字部首八言偈：

崢嶸崑崙巍峨峰巔，峻峭屹岌岱嶽山嵐，
崔嵬崇嶺峙崗崛嶄，峽峪崎嶇岷岸巖崁，
岳岡崩岔島嶼岩巒。

山字部首偈白話解：

崑崙山的山勢，高峻陡峭、神奇崢嶸、高大雄偉，已達巔峰造極之境。山壁峻峭，屹立不搖，岌嶷氣勢磅礡的岱宗泰山，世人敬稱為崇高至尊的東嶽，其山頂是終年雲嵐繚繞。

高聳崔嵬盛大、崇山峻嶺、穩穩且高高地峙立、山崗脊嶺崛起突崎、險峻嵾嵯嶄露無疑。

峽彎山谷，曲折高低落差崎嶇不平，岷江沿岸高峻嶄巖的險崖。

高山峭嶺的山脊崩塌分岔，形成海島或海中的洲嶼、或岩脈峰巒。

山字部首偈白話喻註：

本偈中的崑崙山及岱宗泰山，神奇崢嶸、高大雄偉、屹立不搖氣勢磅礡，已達登峰造極之境，世人景仰崇尊。此乃比喻我們每一個原本在無極理天（天堂），每一個都是仙佛菩薩，大家的法相都莊嚴無比，如崙崙山及岱宗泰山一般，高大雄偉，神奇崢嶸、屹立不搖、氣勢磅礡、登峰造極。令世人景仰崇尊。

但我們這些凡人，倒裝降世到紅塵苦海中，就如身處在曲折高低落差、參嵯不齊且崎嶇不平、甚至沿岸險崖此起彼落的峽彎山谷中，流連忘返。不知登高必自卑，行遠必自邇。若能不斷往崑崙山或岱宗泰山攀爬，終有登峰造頂（成仙成佛）之日。

巾字部首八言偈：

師帶帥幟帆幔幮幢，帝席常位帷幄帖幫，布帕巾帽幅帛幕帳。

巾字部首偈白話解：

軍事師隊所攜帶的代表元帥的旗幟、帆布所製作的軍幔、帳幕、貯幮、可收可搭或車載的臨時布製營幢。

皇帝席坐在可常久不衰的帝君席位上，運籌帷幄妥帖適切地幫忙策劃治理一切。

樂道的人如復聖顏回，平常只是使用或穿戴，布製的手帕、包巾、帽子，寬且長幅的布帛，安居於棚房、帳篷，仍是樂道無憂，不改其志節。

巾字部首偈白話喻註：

此偈中的帝席常位，乃比喻如果本自佛性能二六時中，常安住在佛性進出的玄關正門內，不會被色聲香味觸法六塵等所迷困，而迷失外放。本自佛性才能夠像如來或菩薩般的解脫自在，才能夠達到「性統四端兼萬善」，如此本自佛性方能真正當家作主，使自己的六根—眼耳鼻舌身意，都能夠

降伏，而使性心身皆能與佛聖妙道合一（天人合一），這時本自佛性才能真正運籌帷幄一切，妥適搭幫助道，打理自身的日常生活學修佛道的內聖功夫，也可適切地渡化普羅大眾，並且幫忙他們學修講辨行的聖業。

以上也是如復聖顏回，聞一善而拳拳服膺，一簞食、一瓢飲、人不堪其憂，回不改其樂，且樂修無上至尊至貴佛道的人。這類人縱使只能穿著布衣，住在帆布所搭造的帳棚，也能安貧樂道，不會迷失於外在有形有相的凡間生活，或追求如權貴般奢華浪費的生活。

弓字部首八言偈：

強張弓弩弧弦彈引，彆弱彎弛弗彌彊弘。

弓字部首偈白話解：

強力張開弩弓，使它的弦能伸展成弧形，來彈射弓箭向著目標物導引而飛

射過去。

但縱使有力氣強大的弓箭手及強韌的弓弩，強弩的弓弦彈飛之力轉弱時，就在窮途末路時落地，所以最強韌的弓弩也無法彌綸無盡無窮的天地或生天生地的無上大道。

弓字部首偈白話喻註：

本偈比喻，凡人所云的「人定勝天」之論，尤如強弩末路，不知天有多高地有多厚，永遠無法彌綸天地。

也就是說，無論科技再發達，也無法窮究天地無窮無盡的妙道，唯有學習佛聖無上大道，掃三心飛四相，方能達到如金剛經所云：「一切相，非一切相，是名一切相。」或「一合相，非一合相，是名一合相。」如此方能如古聖仙佛彌綸天地之道，達到天人合一之境界，而能「與天地合其德，日月合其明，四時合其序，鬼神合其吉凶」。

彳字部首八言偈：

徘徊彷彿傍徨徙從，待徒徂徠衛覆役征，

微徐徵徽徹得彼循，往復徜徉御律德徑。

彳字部首偈白話解：

徘徊在一個地方，來回走動不離去；就彷彿（好像）是猶疑不決的傍徨，因此大家徙倚（徘徊）跟從不前。等待信徒徂徠（往復）衛道，以傾覆戰役及征伐。自己些徐（微少）的德徵道徽（自性佛），應該透徹得悟，才能在大道彼岸，永遠循道而行。往復來回，安閒自得地徜徉，在 維皇上帝御令的戒律，及道德聖徑。

彳字部首偈白話喻註：

本偈比喻，眾生徘徊在凡塵苦海這一個地方，來回走動，不斷地在生死輪迴，而流浪在凡間不離去；就彷彿（好像）是猶疑不決的，徬徨在這五花八門的人世間，因此大家徙倚（徘徊）在自己的六根，跟從於六塵及吃喝嫖賭吸，流浪人世間，不肯向前訪明師指授，修真成聖成佛。

明師衷心等待信徒，徂徠（往復）衛道，以傾覆打敗，自身六根被六塵所浸染的戰役及征伐。

速將自己些徐（微少）的德徽道徽（自性佛），透徹得悟，才能在大道的彼岸，永遠循道而行。二六時皆能允執厥中，自在佛性得以往復來回在，事來則應，事去則定的清靜無為之中，安閒自得地徜徉在，　維皇上帝御令的戒律，及道德聖徑。

日字部首七言偈：

早旦晨曦晝曙昇，昱旺昭崑晌昌明，日昧暮昏晚暉暈，旭曝暖晾晷晒晴，

暑曆暴旱曠暇景，晏春星晃普暱映，昨昔晤是暨智晶，旨暄暢曉易昂晉。

日字部首偈白話解：

早上太陽剛升起來時，清晨只是微弱曦光，白晝的午前太陽是漸漸地愈昇愈高，而其曙光也跟著愈來愈強。

陽光光明旺盛，連最高的崑崙山都光昭顯然，這就是正午太陽最昌明的時候。

過了正午，太陽愈來愈西下，陽光也漸弱，如果日光暗昧夜暮昏黑時，這就是傍晚了，接下來晚暉陰暈，伸手不見五指。

旭日東昇時，將東西拿出來放在陽光下，當陽光暖和時曝曬；尤其要把握晴天日光強時晒東西。

日曆來到暑假時，如果是暴烈的乾旱，無水可供耕作時，空曠閒暇無事可作的淒涼景像就顯示出來。

天晴無雲的春夜，天上星光爍晃，閃閃發光。普化親暱所有的人，如母親的慈善，默默地映耀我們所有人的心懷。

昨天，昔時的我，在五花八色茫亂無章的紅塵俗世中，自己的六根迷困於六塵中，無法解脫，突然因緣成熟，得到明師指授，親晤自己如如不動唯一才是，其他都不是的真如本自佛性。且當下暨能契悟，打開自己天性的妙諦智慧結晶。

深明人生的旨意，就是暄揚此智慧光明無比的妙諦。並且使自己及人人都能暢通明曉此無上光明極樂的易理大道。並且都能以高昂的信心及妙智慧不斷地有所晉升，不斷行深此般若大道，直到人人都能晉升至成佛成聖的境界。

日字部首偈白話喻註：

本偈暗示我們每個人，儘早得明師指授，打開自己無上光明的妙諦大智慧，方能透過不斷地學修講辨行，如此人生就能如早晨旭日東昇的太陽，隨著太陽不斷越來越高，其日光也是愈來愈強。否則年老力弱時、或不得其門未能得明師指授，則尤如日落西山，天色愈來愈暗（愈來愈深陷於五蘊六塵中，愈來愈不能自拔，後來連伸手不見五指時）。也就是說，至死都未曾得明師指授，就得等下一世，再度來做人時，方可有機會重新再來尋求到無上光明的妙智慧。

月字部首六言偈：

月有朔望朦朧，朕期朝朗服朋。

月字部首偈白話解：

月亮有朔望圓缺，但朦朧的月光永遠映照人世間。

朕王期待皇朝能朗朗乾坤，天威大德馴服至朋邦友國。

月字部首偈白話喻註：

月亮雖因繞著太陽旋轉，造成本身自太陽反射而來的月光，有朔望圓缺之變化，但月亮永遠將其朦朧的月光映照至地球的人世間。就好像母親的手日夜永遠不停的照顧她的孩子，不受月光朔望圓缺的影響。

我們自己的身體也是有日夜之分，故晝出夜伏，白天工作，晚上休眠，但我們自身的靈性，卻日夜不休息地提供能量照顧我們。但我們卻都不知道，甚至否認它的存在。就如同中庸云：「道也者，不可須臾離也，可離，非道也」。

同樣地，　維皇上帝對我們眾生的衷心照顧也是是如此，祂生天生地生萬物，日以繼夜地滋養我們，但我們卻否認祂的存在，並且唾棄背離於祂，但上帝從未放棄我們，並且派遣天命明師（例如五教聖人及歷代祖師）倒裝降世，來濟度—指授教化我們，我們不應辜負上帝之玄恩及師德，才是有大智慧、大慈大悲、大忠大孝的人呀！

上帝的恩典，就像一國有道的聖明朕王，期待皇朝能永遠朗朗乾坤，其天威德澤能馴服朋邦友國呀！

木字部首八言偈：

楠檜榆櫸杉柏柳松，梧桐槿棕樺樅梓楓，
栗李棗梅椰梨柚橙，櫻桃橄欖枇杷柿杏，
桑椹檳榔柑橘檸檬，楊桃枸杞椒榴桂桐，
檀橡棕櫚樟枳檍榕，杆杵條桿櫓槳柯柄，
機械枴杖槌槍棒棍，櫥架櫃檯床板榻枕，
案桌椅楣框檔橛椿，橋梯樑柱楔榭樓棟，
樊檻柵欄棋棚棧村，格栽枝椏梳束棘根，
枯末朽木棄柴樵梗，樂植果樹樸棲林森，
析查標檢柔構楷本。

木字部首偈白話解：

樹木種類繁多，其用途有—當建材樑柱；或製成各種板材等供裝潢使用；或製成各種器具，如船、船槳等，以供各種日常生活所需；或是果樹，其所結之水果可供人食用或藥材用；或其葉或其根或其樹汁，可供人當藥材食用或煉製食用油、或燃料油如酒精，或可煉製紙漿以造紙。所有樹木不論其高矮粗細或經濟價值的高低，其所有組成的最後部份，都可曬乾後，供人類當燃料材使用；或成長於大地時可調節氧、二氧化碳或氣候溫差等妙用。各種樹木都能天生我材必有用，我們每個人不也是如同樹木一般，初生時樹種資質雖不同，但依各地之自然環境及生態條件—空氣、水份、陽光、地質、養份，海拔高低等不同，各樹種拼命成長，以供他人及各種動物使用。故古人說：「樹木有樹蔭，尤可庇蔭人，供人乘涼，更何況聖人之至學呢？」

諸如楠木、檜木、榆木、櫸木、柏樹、柳杉、松木、梧桐木、槿樹、棕木、樺木、櫸木、樅木、梓木、楓樹等其木材就大部份當作建材，如橫樑或大柱，或製成各種板材或器具供人使用。

而栗子、李子、綠棗、紅棗、梅子、椰果、梨子、柚子、橙子、櫻桃、橄欖、枇杷、柿子、杏仁、桑椹、檳榔、柑橘、檸檬、楊桃、枸杞、青椒、蕃石榴、肉桂可入藥或製成香料、巖桂的花可作食材如桂花釀或作茶，桐樹所萃取的桐油。

以上這些都是供人食用的水果或食品，都是從其樹上所生長出來，除了可供人止餓止渴，也可以當天然藥材，或是調節每人自身的各種營養份，如維他命C或葡萄糖、礦物質或酸鹼值，尤其它們的抗氧化成份，更是維持人類健康不可或缺的食物。

另外像檀香木、橡樹、棕櫚樹、樟木、枳樹、檍木、榕樹等，都是有經濟實質價值的樹木。例如檀香木可作成拜拜時的立香、或臥香、或香灰、或檀香，也可萃取出檀香油，以供作香料、香皂等。橡木之樹汁，可以作為樹膠的原料、又可作成橡木桶以儲存酒等。棕櫚樹可萃取棕櫚油，供作燃料或食用油。樟樹可以提煉樟腦油及樟腦丸。枳樹的果實小而酸、不可食用，但可當藥用。檍木的木質堅韌，可作木弓。榕樹常植成盆栽供觀賞或作為行道兩旁的樹。

木材可作成以下器具，例如：

欄杆、研磨食品或敲打用的杵棒、條狀木桿、划船用的櫓槳、斧頭的手柄。

可作成各種木製的機械，如木製鼓風篩米機、行動不便者的支撐枴杖、木槌、及防身用的木槍、木棒、木棍等。

衣櫥、置物架、書櫃、檯桌、臥床、床板、臥榻、木枕頭。

供奉神明或祖先的案桌或佛桌、椅子、門框上的橫木、門框、窗框、檔案架或櫃、小橛木椿、大木椿。

木橋、木梯、橫樑、大柱、固定用的木楔、檯上的花榭小架、整棟的木造樓房。

樊籬或樊籠、獸檻—關野獸的小柵欄、木柵、圍欄、象棋用品、棚架、客棧、甚至集結成一個村落。

割除、所栽種樹木的枝葉或小枝椏，梳理整束分棘的樹根。

乾枯或樹木最末無用，或腐朽的木材或樹葉樹根，或被拋棄不用的木柴，都會被樵夫所撿拾，當作燃料用的薪材或薪梗—枝或莖。

快樂地種植各種果樹，抱著樸實無華的心，棲息在樹林或森林之中。

日常生活當中不斷地自我分析查驗，然後依據標準來反省檢討，使自己能心智柔和地來建構做人做事或修道的根本楷模。

水字部首八言偈：

污汙沉涸江池洄氾，渣沙滋滯溝渠溢淹，

海洋波濤洶湧溺灘，滂沱沛注沼澤漲滿，

洪流滔浪滅沒港灣，澳濱汀洲激瀾澆漫，

潮汐澎湃水沖浦潭，漩渦汪滾蕩漾漪漣，
渤湍消涔涓淌淙潺，沐游泡泉泊漁涯澗，
淫淨淆滌永求清澹，濃湯鹵汁汲液沏淡，
混沌淬淳沁汝溶涵，汰澈油滑溜漏沮渲，
滄涼淒漠漸泰溫添，泣淚汗滴淋漓洩減，
濁沾頻濯淘澄瀆濺，瀟灑活潑浩渡河漢，
沸沫汽濛淑法治源，濟渝淪濘滲瀑潔淵，
漬漆瀰瀉洽派渠浣，津漉潤溼漱渴況淺，
灌溉瀚沃穎渥準演，渺測渙沓溯湊淅湛。

水字部首偈白話解：

污水中的汙泥沉澱乾涸，以致江河及池塘中的水，洄旋逆流氾濫成災。

渣滓沙礫滋增停滯沉積，水溝河渠盈滿，造成週遭淹水。

海洋的波浪狂濤，洶急湧動翻騰溺沒灘堤。

滂渤大雨充沛灌注，使得沼塘湖澤暴漲貫滿。

洪大激急的水流，滔滔不絕的巨浪淹滅吞沒海港灣岸。

海邊彎曲可以停船的港澳、或濱海地區、水邊平地或沙洲，被激蕩的狂瀾暴浪，灌澆漫淹。

潮汐澎湃騰湃的水浪，沖刷淹沒浦灘潭邊。

洄漩渦轉的汪洋巨浪旋滾，擺蕩翻滾搖漾，形成了不斷漣波漪瀾。

淜渤急湍的水浪，及連續的大雨都消停；細水涓流慢淌，流水淙淙潺緩。

沐泳周游浸泡在野泉之中，憩泊休漁山崖溪澗之間。

妄淫淨空，淆惑滌除；永續持求清靜澹泊。

濃郁的湯頭，重鹹口味的鹵汁。汲取清水液體，補沖沏泡，使之變成清淡口味。

渾然一體自然純樸，浸淬真淳；沁潤汝爾彼此相處之間的心地，能寬廣涵

容。

汰換並且清澈油腔滑調、邪漏溜轉、令人沮敗渲染的惡習。

人世間生老病死輪迴不已的滄桑淒涼冷漠悲哀，漸漸能看破放下，身心靈得以康泰合一，變成溫文儒雅，增添天地太和之氣。

悲泣血淚及大汗淋漓的汗滴，傾洩不停的情況已經銳減。

惡濁習氣的沾染，已經頻頻洗濯改變，用樂淘淘歡喜之心，澄清懺悔以往的褻瀆愚賤，不知樂道實修。

能夠瀟灑活潑，在廣浩無邊的銀河星漢，辦理三曹普渡的大事。

如果自己或週遭的眾生，迷失於夢幻般的沸氣泡影、或汽化迷濛的三心四相之中不能自拔，此時唯有淑貞誠求無上妙法，平治身心靈根本源頭。

通達濟渡淪陷於泥濘、滲雜、瀑溜之中的人，使其心底的深淵能皎潔。

污漬黑漆瀰漫倒瀉，洽適當的方法及人員，委派渠渙浣濯。

口渴時用口水的津液滲漉、含潤透溼的方式來解渴，這樣的解渴方式，只能使口渴的狀況輕淺的短暫解決。
灌溉浩瀚肥沃的土地，禾穗豐穎渥集準定上演。
無形渺然的測試考驗，用來消融困惑及暴雜詭沓。如此才能溯源湊亟清淅精湛。

水字部首偈白話喻註：

本偈乃比喻一個人如果身心沾滿吃喝嫖賭吸或殺盜淫妄酒的壞習慣，那麼他的眼耳鼻舌身意，一定就被色聲香味觸法所困染，故自身佛性就無法主宰身心，而瀟灑自在。此時就像污汙沉涸江池洄氾；渣沙滋滯溝渠溢淹；海洋波濤洶湧溺灘；滂沱沛注沼澤漲滿；洪流滔浪滅沒港灣；潮汐澎湃水沖浦潭；漩渦汪滾蕩漾漪漣。

唯有自身的六塵色聲香味觸法，此六種淵渤不停的急湍或暗涔消平，才能使涓細優淌的自在佛性如流水淙淙而潺潺。

唯有我們淑法治源，淫淨淆滌永求清澹，混沌淬淳沁汝溶涵，將如夢幻泡影的三心四相掃空。並且汰澈油腔滑調、濁漏溜轉、沮敗渲染，濁沾常濯，抱著淘然喜樂之心，澄清褻瀆惡濊的六塵及惡習稟性。澈底渝通濟渡，身心淪喪所沾染的泥濘滲漏及瀑溜（六塵），使自己的佛性淵源皎潔無疵。才能通過上天所安排無形渺然的測試考驗，消融渙除困惑，而溯源湊亟清淅精湛。

火字部首八言偈：

炒炸燻烤烹煮熬煎，燉焙燜炊爆熔煲煉，
熱燙烘烙燴燒炭煙，爐灶煤火灼焚烈燄，
營燈煦照煌煒熙煥，燭炬燠燥炯炳燎然，
烽炮煞焰熹炫爍燦，烯烷熊焚無灰焦燃，
煽熄災炕灸炙煩炎。

火字部首偈白話解：

清炒、油炸、煙燻、燒烤、烹調、水煮、熬湯、煎灼；
熟燉、火焙、燜燒、炊飯、爆香、熔化、鍋煲、煣煉
溫熱、汆燙、烘烤、烙燒、雜燴、燜燒、炭煄、煙燋。
以上為用火來煮飯燒菜的幾種方式。
爐子灶台的煤火，灼熱焚風雄烈燄火；
營棚內的夜燈煦照，輝煌煒光光熙煥然。
烽炮急煞的火焰，炯晃炳耀燎然。
媒氣中的乙烯甲烷，熊熊烈火般的焚燒，無灰燼無焦味地燃燒。
煽隔熄滅會引起火災的火炕，用針灸治療炙痛及煩惱的炎疾。

火字部首偈白話喻註：

以下為用火來煮飯燒菜的幾種方式：

清炒、油炸、煙燻、燒烤、烹調、水煮、熬湯、煎灼；
熟燉、火焙、燜燒、炊飯、爆香、熔化、鍋煲、煣煉；
溫熱、汆燙、烘烤、烙燒、雜燴、燜燒、炭煄、煙燋。

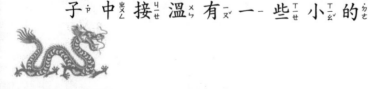

這些不同方式之分別為：

有些用油熱鍋，有些用水溫鍋。有些只用少許的水清炒，有些則放大量的水煮湯。有些是急火快炒快爆，有些用慢火燜燉。有些用大火，有些用小火。有些不用明火，只用燻煙。放在鍋中留置的時間長短不同，例如有些在水滾時瞬間汆燙就拿出來，有些則放在滾水中燜燒或熟燉。有些只放一種材料，有些則放好幾種材料雜燴。有些從炒鍋中起出後放在碗盤中，有些則用砂碢一直煲煮，煮熟後，碢下放酒精膏、或小瓦斯爐，點火繼續溫熱。有些只用油炸或油煎，有些只用水煮，有些水油齊用。有些用火直接加熱於鍋具烘烤食材，有些將鐵板加熱移開火源後，再將食材放入鐵板中熱烙燙熟。有些用噴火爐直接對食材噴火燒烤，有些則將食材放在鍋子上，然後底下用火間接加熱於食材。

總之，食材一樣，但廚師的廚藝不同，及所選用的燒烤烘煮之方式不同，或燜燉的時間不同、或有無添加調味料或香料、香菜等，最後食物的口味及口感就不同。而食材也有葷素之分，其口味也不同，進食的意義及智慧也不同。

修道也是如此：你所選的，道門不同、師父不同、修行人之根器智慧不同，修行的方式也不同、修行的哲理也不同，成道的時間長短也不同、結果也不同，有些成無極理天的佛聖菩薩或帝君、真仙，有些成氣天的神仙、媽祖、土地公、城煌爺，有些則成為地獄的鬼魂，有些則陽壽未盡就過世而成為遊魂。

有智慧的人，一定會事先精研探究不同宗派之精髓密要，然後多問以釋疑，並且一邊行善積德、最後就能正確的判斷及選擇，而訪明師、開智慧、得正道、最後修成正果，返回無極理天而成聖成佛。

牛字部首八言偈：

犧牲牠物特牟犀犄，牧犢砥牢牡牛牽犁。

牛字部首偈白話解：

犧牲其牠雜物，特許牟取靈犀犄角。

牧養幼犢砥礪於牢欄，公牡牛牽犁耕田。

牛字部首偈白話喻註：

本偈比喻犧牲六塵等其牠雜物，特許自己牟取心有靈犀一點通的那一丁點的犄角。

畜養似幼犢小牛的自性佛，砥礪六塵等牢籠，自身六根如公牡牛，已被馴服牽犁耕耘德田。

犬字部首八言偈：

猩猿獅獸狄犯狠獷，狐狸獮猴狡猾猖獗，狽犬狼狗猙獰狹狂，猛獻狩獵獨獲獎狀。

犬字部首偈白話解：

猩猩、猿猴、獅子等猛獸，狄克侵犯蠻狠暴獷；
狐狸及獮猴奸詐狡猾而且猖獗；
野狽、狂犬、狼狗，猙獰恐怖狂襲不停；
強猛英勇的人，常捐獻狩獵所得，分享大家，獨自獲得獎狀懸賞。

犬字部首偈白話喻註：

本偈比喻喪心病狂的人，只知殺盜淫妄酒等私心為自己的享受，故不斷地對別人強取豪奪，不管他人之感受。故他們尤如猩猩、猿猴、獅子等猛獸，侵犯他人時蠻狠暴獷；或如狐狸及獼猴奸詐狡猾而且猖獗；或如野狽、狂犬、狼狗，猙獰恐怖狂襲不停。

只有強猛英勇的人，能讓自己的眼耳鼻舌身（六根），抵抗色聲香味觸法（六塵）及殺盜淫妄酒等，強烈蠻橫暴獷地誘惑及狂襲不停，而且他常捐獻他如何抵抗六塵等，暴襲及誘惑的心得及智慧，分享大家，及教導大家如何守住六根，如何不被如豺狼虎狽的六塵等，蠻狠暴獷或猖獗狡猾的攻擊，或被六塵不斷地猙獰恐怖狂襲。因他能強猛英勇抵抗六塵的誘惑及強襲，並且貢獻其心得及智慧，分享及教導大家，而獨自獲得上天及大家的獎狀懸賞。

玉字部首八言偈：

瑪瑙瓔珞瓊瑤璿璶，瑞璧琇琪琦瑋瑜瑾，
琉璃琥珀璀璨珠珍，玫瑰珊瑚璞璟玲瓏，

琳瑯琵琶璇瑟璋琴，瑚璉玉璽瑛瑤王瑩。

玉字部首偈白話解：

色彩鮮豔的石英瑪瑙、瓔珞寶珠、瓊瑤美玉、美好的璿玉、似玉的美麗璶石。

瑞碧的璧玉、琇玉、琪玉，奇麗的瑜玉及瑾玉。

晶瑩碧透的琉璃、琥珀，光彩珣麗的珠玉珍寶。

玫瑰紅的珊瑚，如璞玉或璟玉光澤的彩輝，玲瓏剔透精巧細緻。

能彈奏出清脆美妙聲音的琵琶、璇麗的瑟及如璋玉的美琴。

皇家宗廟禮器用的瑚璉，及皇帝的玉璽官印，以上的奇珍玉寶及御國神器，只有如瑛瑤（美玉）般光明潔白、珍貴無比，且智慧瑩澈及盛德無疆的聖帝明王，才能永久持有。

玉字部首偈白話喻註：

本偈乃比喻一位得道後，修身正心養性有成的聖德無疆之謙謙君子，其身心靈都永保如無瑕的碧玉美石，例如瑪瑙、瓔珞、瓊瑤、璿璡、瑞碧的璧玉、琇玉、琪玉、奇麗的瑜玉及瑾玉、琉璃、琥珀、玫瑰紅的珊瑚，等光彩珣麗的珍寶，他們所發出的道德光芒，如璞玉及璟玉的光澤彩輝，玲瓏剔透精巧細緻。

有道君子，一生的德行寫照，如琵琶、璇瑟、璋玉般美琴，所能彈奏出的清脆美妙樂聲。

他們是國家如瑚璉般的寶貴人才，實是治國安邦德才兼備的君子，他們有如皇帝玉璽般的國家神器，只有如瑛瑤（美玉）般光明潔白、珍貴無比，且智慧瑩澈及盛德無疆的聖帝明王（也比喻為自身的如來佛性），才能永久保有。

玉字部首偈白話附註：

凡人只知追求或持有身外的奇玉珍寶，卻不知守身如玉，善用自己如來佛性這個神器奇寶，使自己變成一文不值的乞丐，在人世間流浪生死，永遠追求生不帶來、死不帶去的破銅爛鐵，死後只剩一堆枯骨死灰，甚至遺臭萬年，對不起祖先及後代子孫。豈不哀哉！

田字部首八言偈：

田畝甸疇畦畔界疆，男畏畸異當畚畜疊，由甲申番畢暢畫略。

田字部首偈白話解：

田地畎畝郊甸、農疇、圃畦、邊畔等界線內的國土疆域；男子畏懼畸變差異，應當逐個畚箕地畜德積疊財富；並由自己元甲的如來佛性修起，使它能申通番替出來（見性成佛），不被

自己六根所困，能如此堅持不已，畢竟可暢達所有一生成就的籌畫及策略。

田字部首偈白話喻註：

聖人云：「有德斯有人，有人斯有土，有土斯有財」。故男子身為一家之主，為了賺錢養家及盡孝奉養父母，並且畏懼有巨大畸變差異發生時，如果所儲存的財富不夠，則不夠支付以應變。故男子如能由自己元甲的如來佛性修起，使它能申通番替出來（見性成佛），不被自己六根所困，能如此堅持不已，畢竟可暢達所有一生成就的籌畫及策略。這就是先積德，因厚德才能載物及大德敦化，如此才能來百工，四方來朝歸，如此則人愈來愈多，自然須往郊外開闢廣大土地，提供居住及農耕需求，如此土地價價值增加，及民生貨物需求不斷增加，貨物貿易往來不斷增長，獲利愈多，則大家的財富增加，如此良性循環發展，人民、社會、國家愈來愈富裕安康。這就是所謂：「一個家或國家，一個畚箕地畜德積疊財富」。

疒字部首八言偈：

瘡癤疣瘤瘍癢痘疹，癩痢疤痕瘠瘦癟癥，
痳痺癱瘓痴症癲瘋，瘧疾痰瘖癮疫癌痛，
療疵痊癒疚痠疲疼。

疒字部首偈白話解：

長瘡子皮膚潰爛，長癤子皮膚膿腫，長贅疣皮膚生凸肉結，長腫瘤時身體組織不正常增殖，潰瘍時破損潰爛，皮膚刺癢過敏者長痘子或出疹；癩瘡者頭長瘌癬，瀉痢時頻拉肚子，疤痕是傷口癒合留下的痕跡，薄瘠者瘦弱，乾癟者瘦凹不飽滿，癥瘤是肚子有結塊病；

淋病的人，小便困難，痺症的人神經酸麻沒感覺，癱瘓時動彈不得，滯痴者傻呆或癲瘋發狂；

瘧疾是瘧蚊叮咬所感染，痰多時咳嗽不停；瘖啞者，啞巴無聲音；成癮者身體對藥物或毒品產品，強烈嗜好及依賴；疫症是流行性的急性傳染病；

癌症是人體細胞不停地增殖不好的細胞，癌痛時哭叫不停；

治療病疵痊癒時健康恢復；疚瘦是長期生病或酸痛不舒服，它會造成疲累及疼痛不停。

喻註：形成疾病的根本原因

熟讀黃帝內經即可明白：「凡所有病痛，皆是身體的臟腑經絡血脈瘀塞不暢通，或心情及精神鬱悶不展或燥憤不安所形成」。而造成以上問題的原因大致如下：

一、寒冷時未添衣物以禦寒，熱時未減衣物，造成身體寒熱失調，瘀塞沉

痼於體內，未能化除。

二、不正確的飲食觀念，例如吃飯不定時；吃太多酸性食物，也就是肉類、海產、奶蛋類、大豆等酸性食物攝取太多；常吃添加或添加太多，人工調味劑、糖、或油脂、麻辣食材、鹽巴等或油炸食物。

三、常吃剩菜剩飯等，氧化生銹及老腐的食物。

四、每日未喝足夠的白開水，或水中的氯等雜質未適當過濾或過濾過度以致無礦物質。

五、喝冰冷的飲品，尤其是一邊吃飯一邊喝冰冷的飲品、或吃完飯後，立刻喝冰冷飲品，造成血液及油脂等急速凍結，淤積及流動不通暢。

六、長期工作壓力過大、或工作過勞、或工作時間太長、或常熬夜，或過度苛求工作、或讀書成績的完美性；或目標成績訂得太高無法達成，而常指責自己或他人；或常受他人指責及打罵；因而造成身體疲累不堪負荷，自律神經失調，交感神經過度亢奮，腎上腺素分泌過多，而燥熱過動不安，一刻都不能閒，拚命不停工作或讀書或玩電腦遊戲，白天晚上都不能安眠，而長期睡眠不足，而脾氣暴躁易怒，以致傷害身體；或副交感神經太強，交感神經抑鬱過度，腎上腺分泌不足，故常憂鬱抑悶，常覺疲累不想動，全身無力，不想工作或讀書，早晚都一直睡，由於缺乏運動，以致工作及讀書不順，成效不佳，意志伸展不順，身心更淤結鬱悶不通而生病。

七、每日運動量不足，或長時間久坐，而筋骨、經脈、血管、肌肉，未得到適當舒展或放鬆。

八、長期受電器等幅射線，高週波或陽光照射過度而受紅外線等曬傷。

九、長期處在噪音的環境下工作或休息。長期在空氣不佳、或循循環不好的環境中工作或休眠，或常接觸有毒化學等物品。或常用化學合成的界面活性劑洗澡洗頭、洗衣物、洗碗筷杯盤洗食材及包裝材等。

十、長期偏食而造成營養不均衡，或長期喝酒、吃藥、吃毒品而成癮。

十一、吃到不乾淨的食物，包括食品未適當保存好，食料未清洗乾淨，食料有噴灑農藥，食料受輻射線或地質內的重金屬等毒物污染，進食用化學肥料取代有機肥料種的植物，吃經基因改造種子所生長的食料。

十二、常用塑膠材料或紙杯紙盤包裝或盛裝熱的食品，造成塑化劑等中毒。

十三、吃飯速度太快，食物未經牙齒充分咀嚼咬細，未分泌足多唾液而混合均勻，以分解食物，故不僅傷害腸胃且營養無法充分吸收，而營養不良。

十四、攝取太多澱粉類或麵米，因它們在身體內未被消化用完時，會轉化成脂肪，儲存堆積在身上不易排出而變胖，影響健康，尤其是白麵條、白麵粄條、白米飯、白米稀飯、白麵包、白糖、因它們都沒有纖維含量，故在體內被急速轉化分解時，沒有纖維包裹葡萄糖的分子，在瞬間就須耗掉很多胰島素，故增加胰臟瞬間的很大工作負荷，

喻註：形成疾病的根本原因

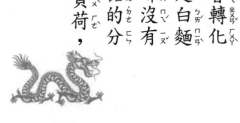

最後負荷不了，又運動不夠無法幫助消化糖分子，則變成糖尿病。

十五、髖關節不正或脊椎偏斜時，也會造成很多的病痛，甚至五臟六腑等身體器官的慢性疾病或宿疾。

十六、病毒、細菌、或毒物由外入侵體內，例如：蛇、蚊蟲等咬傷導致，飛沫吸入致病，吃入或喝入含有病毒、細菌、或毒物的食物或飲品，另外還有輸血或是打針引起疾病。

附註：疾病的根本治療方法

治療或恢復健康的方法提供參考如下：

一、如有以上所說造成身體不健康的原因及環境、請速改進，並請您去看醫生，無論是西醫、中醫、自然療法醫師、及各種政府許可的民俗療法治療師都可以。尤須定期作身體健康檢查。

二、黃帝內經主張預防重於治療，醫食同源。故須強化及推廣以上的諸多觀念給大家明白，因食物鏈關係，如果農民、及畜牧業者及食品製造商、貿易商、銷售人員、及肥料公司、提供種子的公司及醫療人員、老師、家長，甚至電視媒體傳播業者，都有此「預防重於治療、及醫食同源」的觀念，又如果國家的各階層，尤其醫療及教育單位及家長及媒體傳播業者，都能重視並傳播教育此觀念，則最下層的食材消費者有此概念，則產生健康食材需求，如此上流食料培植業者如農民等，及供應商則能迅速提供健康的食品，滿足需求，相信可以降低支付醫療保險、治療費用、住院費用等非常的多。節省很多國家及社會資源的不必要浪費。如此才是力行及推動孝經所云：「身體髮膚受之父母、不敢毀傷孝之始也」的最基本的工作。這是國家各階層想盡孝道的人士的入門工作及基礎工夫呀！

三、中庸有云：「喜怒哀樂之未發，謂之中；發而皆中節，謂之和。中也

者，天下之大本也；和也者，天下之達道也。致中和，天地位焉，萬物育焉。」由此得知精神及心情狀態對身心靈的影響很大，身心靈是交互影響的。「此」中乃我們每個人，靈魂正門內的這個唯一不二的這口氣，這口氣如吐出去了，吸不回來，則身體立刻變成冰冷僵硬、這口氣這是中庸所云：「天命之謂性」，每人唯一不二的天性或靈性，它就是我們每個人的中央樞機，沒有這中央樞機，則我們的自己的眼耳鼻舌身意的六根，萬萬無法跟身外的六塵（色聲香味觸法）交流勾通。只是一俱死屍。所以這個中央樞機是天下所有眾生自己最偉大的根本能量來源。它是自己六根（身心）的國王主人，故它必須是自在如來，不受自己六根所主宰，也就是不被六根所勾染的身外六塵所主宰，而造成自己的身心迷於殺盜淫妄酒，及吃喝嫖賭吸當中，不能自拔，以致六根發用時都不能中節，由此之故，自己六根的喜怒哀樂，無法與身外六塵相對反應時，能正常且洽當的抒發，使得自己的身心失去中和平衡，造成常暴躁易怒或抑鬱心悶，而精神不寧及心情不穩定，也導致了身體的經脈、血氣、血液、及血管、肌肉、筋骨、關節及神經系統淤塞不暢通，而產生各種疾病，因生病心情不好、睡眠不佳、不足，故更暴躁激動易怒，精神愈不好，有時吃不下，有時暴飲暴食，造成中央樞機的天性或靈性，愈不能當家作主，愈不能自在如來。如此惡性循環，身心靈愈頹敗而生病愈嚴重，故不止孝經所說的孝之始，沒法力行做到，更不能立身行道、揚名後世，以顯父母。如此內聖外王之功都不能力行，如何盡大孝或大大孝，而最終能成聖成佛，拔九玄七祖出苦海，永享光明於極樂世界中呢？

四、常用的自然或民俗療法：

腳底按摩；經絡理療；整脊推拿；或全身經絡拍打，從頭，臉部、頸部、肩膀、腰部、臀部、上肢及下肢內外側，腳背，腳底，打至瘀青腫脹，然後繼續忍痛拍打至腫脹消失為止，且過幾天瘀青退了，再重覆依以上方式拍打，直到反覆幾個月下來，拍打都不出瘀青及腫脹時，疾病自然消失。但拍打時要空腹並喝一公斤的溫白開水，或吃完飯後一小時才可進行拍打，拍打後再喝溫水一公斤。拍打可以用手掌也可用拍打棒進行，可以自己拍打、也可請人拍打，但開始拍打時可至拍打推廣中心，請專業人員指導或上課學習。另外還有拔罐、針灸、艾灸、穴位刮痧按摩；臥式或立式拉筋療法，跪拜叩頭療法、撞牆或撞樹療法、斷食療法、各種食療法，高電位或高週波或低週波治療器治療法，紅外線照射療法，雷射或電針灸療法，以上都有專業書籍、或專業合格合法之器材、或設備或工具，可以學習應用及參考。此種各類民俗療法，雖可治療或減輕或改善，或者當作平時預防重於治療之保養使用，而這些療法各有其特色，故請洽專業人士請益學習，或參閱專業書籍再進行之，以避免不當之傷害。

最簡單，最有效又不花錢，人人都可自己進行的保養或病痛改善方

式，是每日進行腳底按摩，再加上全身經絡從頭拍打到腳底，有時也可加上刮痧效果更好。

五、對於嚴重精神病患或心理障礙者或本偈的各種疾病，可參考修、藍博士所撰的《零極限》一書中，所介紹用來治療，夏威夷嚴重暴力的精神病院內的病人，修、藍博士的這個方法大略是：對於任何自己這一生，所遇到的每一個人，或每一件事不論其好壞，自己都百分之百地負起責任。例如當醫生碰到病人時，就必須將發生在病人身上的病，百分百地負起責任，而不可認為那是病人自己所造成，故只須開藥或安定劑給病人吃就以為完了。故修、藍博士到此病院時，面對三十多位，不是犯過殺人罪，就是強姦罪的，或是嚴重暴力精神病患，且他們因常對醫院的醫師及工作人員動手打人，醫師及工作人員都辭職不幹，造成人手不足，而且留在院中的工作人員，都是貼著走廊的牆壁走路，以避免被他們施暴，大家工作壓力極大。而修、藍博士來到醫院就任後，卻將這些精神病患的疾病，認為是自己的病，故對這些病人百分之百負起完全的責任，他認為這些病患的病，是修、藍博士自己由創世紀以來，因為有些不正常的因素綜合所造成，而它們在修、藍博士自己的潛意識中，留下這些訊息及記憶，因此病人的這些病，讓修、藍博士自己在這一世遇到了，故他在他的辦公室中，研讀這些病患的病歷，然後逐個如此這樣說：「請問自己的潛意識，從創世紀以來，在自己的潛意識中，因留有這些相關訊息，故造成這個病患有這個精神病？然後開始對自己的潛意識說：「對不起！請你原諒我！謝謝你！我愛你！」他不斷重覆這幾句話，直到自己的心完全平靜，將這些病患，因生病留在修、藍博士自己潛意識的印象及訊息完全刪除後，病人的病就痊癒，完全恢復健康。他每日如此重覆做，他從來不巡視病房，但病患每日逐漸康復，並且三個月後就可將病患的腳鐐及手鐐移除，他們不再攻擊工作人員，而病人逐漸出院，先前離職或請假的

工作人員，陸續回醫院工作，但因病患愈來愈少，大家幾乎都沒事做。最後，約在他到院服務的一年多後，病人就全部出院，醫院工作人員無事可做，最後醫院就關閉。他也回家，以後有類似的精神病患，只要給他病歷，他只要在家中，用同樣方式就可將病患治癒，且在治療期間，他不開鎮定劑給病患吃，相反地，他感謝病人提供這次機會給自己，可以在這次的療程中，將此問題圓滿解決，故他說感謝你。另外的兩句對不起及請你原諒我，是如六祖所教的自我無相懺悔：「從創世紀開始懺悔，因為會發這個病，不是某個直接因素、及訊息遺留在這世自己的潛意識所造成，它是從創世紀以來，很多的訊息累計交叉，以致遺留在今世自己的潛意識中所造成，故他從創世紀開始懺悔起」。而最後一句我愛你，就如電腦中的刪除鍵，按下此鍵，則電腦記憶體中，所有這個指令相關的訊息，就被完全刪除，我愛你這句話，就是這個功能。所以修、藍博士說：「如果世界上的每一個人，都能常用這

個方式，每日隨時都這樣說：「對不起！請你原諒我！謝謝你！我愛你！」且對週邊每一個人所發生的每一件事情，都負起百分之一百的完全責任，不怪罪他人，不指責他人，不推卸責任給他人，而且都認為是自己的過去某些交叉影響的訊息，留在現在自己的潛意識中所造成。大家能如此，這世界就太平完善了。

以上修、藍博士所做及所推行的，不就是孔子所說的：「禮運大同世界」，大家能如此奉行不已，禮運大同的世界，就可當下實現了！大家不就什麼病都康復了！這真是博愛而且偉大呀！

目字部首八言偈：

睜眼真睛眉睫眶臉，矗瞿眨瞥瞬盼瞧看，
瞌睡盹相瞄瞟矇瞞，盲盯瞎眇眠目睏眩，
瞠瞪睹矚瞋睽直眈，眷睞督睬眺瞻瞭瞰。

目字部首偈白話解：

可睜開的雙眼、清真珠睛、眉頭、睫毛、眼眶，都在臉頰上。

有時矗立高望、有時惊瞿注視，有時眨眼瞥視或瞬間凝盼、有時細膩地觀察而細瞧探看。

有時盲目盯著打瞌睡，這是打盹時的睡相；有時偷瞄、有時打眼瞟暗示他人、有時矇眼休息、有時瞑瞞閉著眼睛假昧。

瞎子眼睛看不見，眇目的人少了一隻眼睛，眠寐的人閉目臥眠，累睏的人眼睛暈眩。

瞠目的人直視不停，瞪眼看的人不是怒就是受驚嚇，目睹者親身在現場知實情，矚目者受舉世注視，瞋視的人怒眼看他人，睽視者兩眼不能集中看一物，直視者是正直的人，眈眈者如虎視貪婪兇狠地注視他人。

眷念者受人懷念，眷睞者受人敬重，督察者視導人，風睬者光彩奪目，眺望者引領遠視，瞻仰者敬視人，瞭解者透視人時事地物，俯瞰者向下看。

目字部首偈白話喻註：

本偈教人如何從他人的眼神之變化，了解他人的行為及心態，從而思考及評估，他是何種人？身心是否合一？如何渡他或成全他或與他交往。例如我們必須將矗立高望天，不平視看人的驕傲者；常常驚瞿注視或呆視的人（此人的腎上腺稍有問題）；常眨眼瞥視的人（肝膽稍有問題）；常打盹或瞌睡的人（肝膽及腎上腺失調），常瞠目乍舌的人、發怒瞪著眼看人的人、瞋視怒眼看人的人、睽視者兩眼不能集中看一物的人，以上這些人，都是肝膽及腎上腺不佳的人；常斜眼瞄人（鄙視他人者自心不正）；或打眼瞟的人（內心狡黠的人）；還有虎視眈眈兇狠注視他人的人（貪心不知足的人）。

以上都必須盡全力渡化開導及成全他們，使他們成為正人君子，而能兩眼正直平視他人；能瞭解透視人時事地物的人；能受人眷念青睞敬重的人；能懂得細膩觀察而細瞧探望他人的人；能懂得瞻仰他人，能敬視人人都是佛及菩薩的人；能懂得俯瞰向下看，泛愛眾而親仁的人。

石字部首八言偈：

礦矽硫磺硝硼磷碘，硅砂碎礫咕咾硬磚，

砲破砌碑砸磁碟碗，磅礴碩碧礁磯石礹，

磨礱砥礪確磋碾研。

石字部首偈白話解：

礦產有矽硅、硫磺、硝石、硼礦、磷礦、及水中海帶等所含有的碘。

硅石的砂粒、碎石、細砂礫、咾咕石（珊瑚礁的石灰石所作成的）、硬固的磚磈；

大砲打破了砌造的石碑，並砸毀磁石製的物品，及碟子、碗盤等；氣勢磅礴碩大無朋的青美碧石、及珊瑚礁石、還有岩石磯山、它們都是如此的巨石礹礹（險峻）；

磨礱砥礪（磨礪鍛練），確實地切磋、碾磨研究。

石字部首偈白話喻註：

本偈比喻上帝創造世界時、連令人最看不起眼的最不值錢的硅石、砂粒、碎石、細砂礫、及紅土所燒製成的硬固磚塊；及咾咕石（海中珊瑚礁的石灰石所作成的），都可供人類用來做建築高樓大廈或平房時的混凝土，或砌造石牆或磚牆，。而且連在深山野谷中的礦石，竟然還有硅礦、硫礦、硝石、硼礦、磷礦、甚至大海中的海帶也含有碘、可供人製造太陽能發電板、硫酸、硝酸、硼酸、磷酸等化學用品及人類不可或缺的食用碘。並可燒製成精美碗盤及碟子等，也可砌造成石碑等。

但是，人類不知效法並學習孔子或釋迦摩尼佛悟道，修成聖賢仙佛，反而在凡世生活中，彼此你爭我奪，當無法協商時，就發動戰爭，用大砲打破

了辛苦砌造的石碑，並砸毀精美無比磁石製的物品，及碟子、碗盤等。甚至氣勢磅礡碩大無朋的青美碧石、及珊瑚礁石、還有岩石磯山、它們都是如此的巨石礧礧（險峻），也可能無法倖免於戰爭的禍害。

我們應學習效法孔子及釋迦佛祖及濟公活佛，等堅毅不屈地磨礱砥礪（磨礪鍛練），確實地切磋、碾磨研究，各種最有效的妙法，讓孔子的大同世界、釋迦牟尼佛的蓮花邦的世界、耶穌的博愛的世界、穆罕默德的回回的世界、老子的道德世界，可以早日在人世實現。

示字部首八言偈：

祠社祭祀祈福神祇，禪祖示祐禎祥祉禮，祂祕祝禱禦禍祿禧。

示字部首偈白話解：

祠廟社稷祭拜追祀，祈禱天神地祇福佑；

禪宗祖師示導玄祐，禎庇吉祥祉匀、克己復禮；
深悟　維皇上帝祂的無上祕寶，而且能常常用此無上祕寶，至誠來祝福禱告自己及他人，則可以禦防災禍、增長無上的福祿壽禧。

禾字部首八言偈：

稻秧秋禾穀稞穗稔，租稅秤稽稼穡積穩，
穆穌秩秘秀稿稱稟，穎移私穢秉種科程。

禾字部首偈白話解：

三月播種的稻子秧苗，秋天長熟成禾穀，青稞長熟成麥穗，而此禾穀及麥穗兩者稱為稔，也就是成熟的庄稼；
國家徵收的租稅，必須依法公正秤計稽收，如此社會才能安定，沒有戰爭發生，因此農民的稼穡（農穫物），才能積聚平穩。

穆罕默德及耶穌基督，佈道濟世的稀奇秘訣，我們每人都可對古蘭經及聖經中秀異的文稿，不斷地稱頌及遵稟；穎慧地移除每個人身心的私自污穢，秉公植種自己身心的道德，方能榮登天開科選的準程（確定的把握）。

禾字部首偈白話喻註：

本偈說三月播種的稻子秧苗，秋天長熟成禾穀，青稞長熟成麥穗，而此禾穀及麥穗兩者稱為稔，也就是成熟的庄稼。

國家徵收的租稅，必須依法公正秤計稽收，如此社會才能安定，沒有戰爭發生，因此農民的稼穡（農穫物）才能積聚平穩。

以上兩段乃比喻每個人，不論做事或修道之路都有一定的科程，每人都必須按步就班，如稻秧三月播種，秋天長熟成禾穀，然後收割。國家的官員也必須依法公正秤計稽收租稅，社會才會安定，沒有戰爭，農民播種的稻秧、青稞才不會被戰爭毀壞，如此農民的稼穡收穫才能穩定地積聚，國內的所有百姓才有足夠的飯吃。因此這個科程就是，我們每個人都必須，穎慧地移除每個人身心的私自污穢，秉公植種自己身心的道德，方能榮登天開科選的準程（確定的把握）。

並且向穆罕默德及耶穌基督學習，深入體悟他們佈道濟世的稀奇秘訣，我們每人都可依持古蘭經及聖經中秀異的文稿，不斷地稱頌並遵稟、終身至誠奉行。

穴字部首八言偈：

穿穹窸窣窗窯窈窕，竊窟窘窩窿窪窮窖，窺究竇室窄穴空竅。

穴字部首偈白話解：

冷風凜冽貫穿蒼穹，而發出窸窸窣窣的聲音；寒窗娼窯女妓窈窕妖豔；

竊盜住在賊窟，困窘人住在苦窩、或廢窿的窪坑，貧窮人住在地窖；
窺覺深究無上密寶的竇孔、奧室、窄門、玄穴、它是能讓身心淨空的妙竅。

穴字部首偈白話喻註：

本偈隱喻，一個人若是無法像五教聖人等，能夠讓身心靈淨化，而超脫生老病死的苦厄輪迴。那麼他的人生，就好像是在冷風凜冽貫穿蒼穹時，而發出窸窸窣窣的聲音中空過；或如寒窗內的娼窯女妓窈窕妖豔，出賣肉身；或如竊盜住在賊窟，困窘人住在苦窩、或廢窿的窪坑，或貧窮人住在地窖。

唯有窺覺深究無上密寶的竇孔、奧室、窄門、玄穴，因它是能讓身心淨空的妙竅，如此的人，才能清淨自身六根所沾染的六塵，而超脫生老病死的苦厄輪迴。

竹字部首八言偈：

籐籠籮筐簸箕簍籃，箱筒篝篩籬笆筷箭，
簑笠簾篷竹筏篙竿，笛笙筑箏篾簧簫管，
簡策簿籍符籤筆箋，籲篤範篇等第籌算，
節箍筋笨笑答籟筵。

竹字部首偈白話解：

竹子可作成以下的各種物品：

竹籐編製可關動物的竹籠、可放置東西的竹籮筐、可收集垃圾或沙石泥土的簸箕、可放置東西的竹簍或竹籃子；

竹編製成的竹箱、竹筒、可熏衣的篝絡、竹篩子、竹籬笆、竹筷子、竹弓箭。

簑衣、笠帽、竹捲簾、竹篷子、竹筏、撐船的篙竿；

竹笛子、竹笙管、擊筑、古箏、竹篾簧、竹管洞簫。
竹編簡策做成的簿子及書籍、旨符、籤筒、書寫筆及紙箋。
呼籲篤修最上模範的經篇，依據慧根學修等級，逐第依籌劃的學程實修，
以評算學修成效。
學修要節如果纏箍，腦筋及筋骨愚笨；有學修智慧的人，樂笑學修有成，
報答天恩及父母，並且獲得萬籟回響，共赴龍華聖筵。

竹字部首偈白話喻註：

依據竹編師父的心思及能力，可將同樣竹子，編製成不同用途的製品，例如竹籠、籮筐、簸箕、竹簍、竹籃、竹箱、竹筒、可熏衣的篝絡、竹篩、竹籬笆、竹筷子、竹弓箭、簑衣、笠帽、竹捲簾、竹篷子、竹筏、篙竿；竹笛子、竹笙管、擊筑、古箏、竹篾簧、竹管洞簫；簡策、簿子、書籍、旨符、籤筒、筆、紙箋。或依現在的科技，可製成竹漿後造紙，或燒成竹

炭再製作衣襪、或食品等。以上皆為生活上的凡事，最重要的是，在謀生養家之餘必須抽空，或老年退休後，速訪明師，請他指授無上殊勝的聖道後，呼籲眾生，篤修最上模範的經篇，依據慧根學修等級，逐第依籌劃的學程實修，以評算學修成效。深切明白學修要節如果纏箍，腦筋及筋骨愚笨不通；此時須向有學修智慧的人請益，並學習他們，樂笑學修有成，報答天恩及父母，並且獲得萬籟回響齊修，以共赴龍華聖筵。

米字部首八言偈：

糯糬糧糖粟粱糙米，糕糰粉粥粑粄粽粒，精粹糟粕粘粿糊糜。

米字部首偈白話解：

糯米做的麻糬、穀糧製作的糖果、小米粟稷、高粱、及糙米。

糕點、飯糰、米粉、糊粥、鍋粑、粄條、粽子、穀粒。
醍醐精粹取、及其後所剩下的糟糠粕渣；粘牙的米粿、麵糊及黍糜。

米字部首偈白話喻註：

人類利用各種五穀雜糧，例如糯米、小米粟稷、高粱、黍、小麥等、做成各種米製食物，諸如麻糬、糖果、糕點、飯糰、米粉、糊粥、鍋粑、粄條、麵條、粽子、米粿、麵糊、黍糜、醍醐精等，供人喜愛而食用，藉由消化吸收後，因而人得以吸取天地日月之精華，而有健康的身心靈，來工作而貢獻所長於人世間，連最後剩下的糟糠粕渣，也可做成家禽飼料或燃料等。同樣地，明師及有心闡道的人士，也應善用各種人材，培訓各種專長特色，尊重並敦聘或善用這些品德智慧兼優的專業人材，將他們安置在最適當的位置，使他們名正言順及有立場，發揮所長貢獻社會國家，以平天下，使大同世界早日實現！

糸字部首八言偈：

纖維紡紗綵綢紅絨，綺羅絲絮繪緞絢綸，
紫絹縷線績繡縫紉，繁緣繚繞綴累縐紋，
絞索綑綁纏繫纜繩，編緝組織給繕系統，
經緯綱紀締約綻總，紓緩糾結縴絆緊繃，
紐綽紊纍縛縮網縈，細緻綿緒納練素純，
縣紳紹繼絡繹繽紛。

糸字部首偈白話解：

纖維絲可紡織加工成紗布，織成五色文彩的綢子、或豔紅的絨布；
綺麗文彩的絲羅、蠶絲金絮，彩繪的錦緞、絢麗的青絲帶所做成的綸巾（頭巾）；
紫色畫絹金縷絲紗線、績紡綴繡再經縫紉成的高貴衣物；

繁多的緣份繚繞、綴合積累出歲月的縐紋；
被擰絞的鋼索捆綁、及纏繞緊繫的纜繩所困；
編列緝立忠義的宗教組織，來布給眾生及繕造誠篤的闡道系統；
禮乃天下的經緯及綱紀，它可締結制約及醒綻總和天下。
紓解緩和與萬緣的糾紛、冤結、縴絆及緊繃關係；
紐開並寬綽紊亂、纏纍、縛綁、畏縮、迷網、縈繞；
細心精緻地綿亙宗緒，廣納聖道、熔練身心達到素淨純真之境；
府縣士紳紹隆至道，繼往開來，絡繹不絕、繽紛繁盛。

糸字部首偈白話喻註：

本偈是比喻，縱使你再榮華富貴，每日穿的都是五色文彩的稠子、豔紅的絨布、綺麗文彩的絲羅、蠶絲金絮，彩繪的錦緞、紫色畫絹金縷絲紗線、績紡綴繡，再經縫紉成的高貴衣物，及頭上繫帶著，絢麗的青絲帶所做成的綸巾（頭巾）。

你每日隨時隨地，總是被繁多的緣份繚繞，因而綴合積累出歲月的縐紋，無法逃脫生老病死的輪迴，自己身心的六根，還是被六塵像擰絞的鋼索捆綁，及纏繞緊繫的纜繩所困。

這時你可速訪明師，開智慧，而參與既有編列緝立的忠義，且泛愛眾而親仁的宗教組織，來布給眾生及繕造誠篤的闡道系統。深悟禮乃天下的經緯及綱紀，它可締結制約及醒綻總和天下。

紓解緩和與萬緣的糾紛、冤結、縴絆及緊繃關係；紐開並寬綽六根被紊亂的六塵所纏纍、縛綁、畏縮、迷網、縈繞。

細心精緻地綿亙宗緒，廣納聖道，熔練身心達到素淨純真之境，如此府縣士紳將紹隆至道，繼往開來，絡繹不絕、繽紛繁盛。

肉字部首八言偈：

腦臉脖肩胸脯腹腔，背脊腰臀臍肚肋脅，
腮唇腋腺肫肛膀胱，肝膽脾肺胰胃腎臟，
胳臂肘腕腿腳腑膛，肢脈膝臏骨膠脂肪，
胼胝膚脫膿腐膨脹，腥膳膾肴脆膩肥腸，
肌肉胚胎胞膜腫胖。

肉字部首偈白話解：

腦部、臉部、脖子、肩部、胸脯、腹部、腑腔；
背部、脊椎、腰部、臀部、肚臍、肚子、肋骨兩側脅；
臉腮、嘴唇、唾液、內分泌腺體、肫胃、肛門、膀胱；
肝臟、膽囊、脾臟、肺臟、胰臟、胃腸、腎臟；
胳肢、手臂、手肘、腕關節、腳腿、臟腑、腔膛；

上下肢的經絡脈、膝蓋髕骨、膠質體、脂肪；
胼手胝足的厚繭、皮膚脫落、膿瘡腐爛、水腫膨脹；
常吃葷腥的膳食、肉膾、酒肴；香脆油膩的肥肉臘腸；
有些人將造成自己的飢肉等的，胚囊胎核、細胞、細胞膜腫脹而全身肥胖
不健康。

肉字部首偈白話喻註：

每人身上的五臟六腑、肌肉、皮膚、骨頭、上下肢、內分泌腺、眼耳鼻舌、身體細胞等，無不是父母所生，但人們大都沒讀孝經，不知孝經所云：「身體髮膚受之父母，不敢毀傷，孝之始也；立身行道，揚名後世，以顯父母，孝之終也」。更不知將身體保持在健康的弱鹼性，大都常吃酸性食物，例如葷腥的膳食、肉膾、酒肴、香脆油膩的肥肉臘腸；
有些人將造成自己的飢肉等的，胚囊胎核、細胞、細胞膜腫脹而全身肥胖

不健康。

身體髮膚，都受了毀傷，孝之始的修身都未盡孝完全，更不知立身行道，如何能成聖成佛，揚名後世，以顯父母於天堂及人間呢？

艸字部首八言偈：

蘭花茉莉薔薇芙蓉，菖蒲荻葦菟葵莎萍，
芳草蓊蔚萋華葆蓬，芒菓芭蕉藷蔗萃蘋，
葡萄蕃茄藍莓茱萁，蒸蔬菠菜筒蒿薑菱，
芽藻薯芋葫蘆芹莖，蓮藕蘿蔔蕨蘇菇菌，
艾藥薄荷芝葛菊薰，蔥蒜菸葉蕎薤蕩葷，
藩落茅茨蒼茫萎蔭，莊苑荒莽荼苦蘊蒙，
菩薩蕙藹茹茲茁萌，蔽蓑蕪蔓莫著若芸，
藉藝荐薪蓓蕾英芬，蒂苞菲菁荳蔻茂茵。

艸字部首偈白話解：

蘭花、茉莉花、薔薇花、芙蓉花，
菖蒲花、蘆荻、蘆葦、菟絲草、向日葵、莎草、浮萍，
芳香的花草、蓊郁豐蔚、萋芊芬華、翠葆蓬勃。
芒果、芭樂、香蕉、藷蔗（甘蔗）、萃蘋果；葡萄、蕃茄、藍莓、山茱萸、桑葚。
水蒸蔬菜、菠菜、茼蒿、青薑、菱角；
豆芽菜、海藻、番薯、芋頭、葫蘆、芹菜、梗莖；
蓮藕、蘿蔔、蕨菜、山蘇、香菇、菌菇；
艾草、藥草、薄荷、芝麻、葛根、菊花、薰草；
洋蔥、大蒜、菸葉、蕎頭、薤菜，蕩性的葷菜。
藩籬部落、茅茨草屋、蒼涼荒茫、枯萎幽蔭；
村莊野苑，淒荒草莽、荼炭苦厄、蘊結蒙晦。

菩薩蕙心和藹，茹素茲益、茁壯萌發；
蒙蔽蓑掩、蕪穢雜蔓、莫要染著、如若香芸。
藉由玄藝荐獻德薪，含苞待放的蓓蕾，終究英華芬芳。
果蒂花苞芳菲菁茂，荳蔻嫩芽，畢竟茂盛翠茵。

艸字部首偈白話喻註：

本偈比喻，蘭花、茉莉花、薔薇花、芙蓉花，菖蒲花、蘆荻、蘆葦、菟絲草、向日葵、莎草、浮萍；芳香的花草等各種花草，不管環境如何，只要有機會就拼命成長，以致蓊郁豐蔚、萋芊芬華、翠葆蓬勃，以其香氣芬芳人世間，或以其美豔及翠綠，供人觀賞，令人心曠神怡，怡情養性。

各種果樹及蔬菜，例如芒果、芭樂、香蕉、藷蔗（甘蔗）、萃蘋果；葡萄、蕃茄、藍莓、山茱萸、桑葚。

可水蒸的蔬菜、菠菜、茼蒿、青薑、菱角；豆芽菜、海藻、番薯、芋頭、

葫蘆、芹菜、梗莖；蓮藕、蘿蔔、蕨菜、山蘇、香菇、菌菇；艾草、藥草、薄荷、芝麻、葛根、菊花、薰草；洋蔥、大蒜、菸葉、蕎頭、薤菜，蕩性的葷菜。也是一樣不論是是野生或人類培植，也是有機會生長，就拼命成長，以提供給世人享用，其中有的是水果，有的是蔬菜，有的可以當藥材來使用，提供營養成份及活力，食用後身體健康，這些植物性蔬果對於茹素者，貢獻很大，使他們得以避免葷食，但又可維持健康及體力，而進行修行及濟世救人。但也有的卻是茹素者視為蕩葷的食物，會傷害五臟六腑、及令人心性淫蕩及暴躁易怒，故他們絕對避免食用。也有的蔬果花草本身就有毒性，所以人類也避免使用。

人世間有的地方非常繁華，有的地方卻是貧窮落後，故有人居住在藩籬部落、茅茨草屋中、這些地方蒼涼荒茫、枯萎幽蔭；村莊野苑，淒荒草莽、荼炭苦厄、蘊結蒙晦。

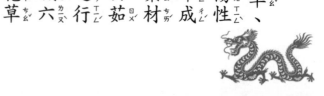

無論是天上的諸佛菩薩，或人世間悲智雙運的活菩薩，他們蘭質蕙心、和藹可親，茹素並茲益天下眾生，使眾生之道德及慧命得以茁壯萌發。以避免眾生的身心六根，受六塵蒙蔽蓑掩及蕪穢雜蔓，更使六根莫要染著於三心四相及殺盜飲妄酒之中、方可如若香芸，德慧馨香人世間。更藉由玄藝荐獻德薪，使有如含苞待放蓓蕾的進德修身人士，也終究英華芬芳，德功蓋世，更使所有眾生都能果蒂花苞芳菲菁茂，連所有的青少年及孩童等荳蔻嫩芽，都能進道修德，畢竟德慧茂盛翠茵，都能成聖成賢。

虫字部首八言偈：

蝦蚌蠔蠣螃蟹蠵蟲，蚵蜋蜣螂蟒蛇螟蛉，
蚤蛆蟑螂螞蟻蚊蠅，蝸蛙蝌蚪蟾蜍蜈蚣，
蠶蛹蛻蛾蝴蝶蜻蜓，螯蝟蟋蟀蜥蜴蚯蚓，
蝙蝠螽蝗蟬螳蜜蜂，蜘蛛蛤蟆蚱蜢蛟螢，

蛔蟯蟄蠱蝨蚜蠹蠢。

虫字部首白話解：

蝦子、蚌蛤、蠔蠣（牡蠣）、螃蟹、蠵龜等蟲族；

另外還有，蚵蜋（屎蚵蜋）就是蜣螂，蟒蛇、螟蛉就是螟蛾；

跳蚤、蛆蠅、蟑螂、螞蟻、蚊子、蒼蠅；

蝸牛、青蛙、蝌蚪、蟾蜍、蜈蚣；

桑蠶的幼蛹、蛻變成的蠶蛾、蝴蝶、蜻蜓；

螯蟹、刺蝟、蟋蟀、蜥蜴、蚯蚓；

蝙蝠、螽斯、蝗蟲、蜩蟬（知了）、螳螂、蜜蜂；

蜘蛛、蛤蟆、蚱蜢、蛟龍、螢火蟲；

蛔蟲、蟯蟲、冬蟄、蠱蟲、蝨子、蚜蟲（蝗的幼蟲）、蠹蟲（蛀蟲）、蠢蠢欲動。

虫字部首偈白話喻註：

本偈介紹各種蟲族之類，由此觀察這些蟲族，有些活在水中游來游去，有的活在天空飛行，有的在陸地上爬、有的水陸兩棲、有的活在人的肚子中，有的附生在狗或人的毛髮中，有的有毒，有的會鳴叫，有的啞然無聲、有的會一閃一閃發光。但有一樣是大家都相同，就是萬物蠢生，而且蠢蠢欲動。

聰慧的人們呀！我們由此可參悟，這些蠢蠢而動的蟲族，窮其一生就一直動來動去，但他們也就只是這樣過了一生，然後就死掉，只剩下一具死屍。難道，我們身為萬物之靈，又貴為與天地合稱三才，我們活在地球上，就這樣像這些蟲族，如此似乎毫無價值或增加自我價值，而默默的過一生嗎？難道我們人類，身為天地人三才的我們自己，就這一點價值而已嗎？每天只是吃喝嫖賭吸，就這樣過一生嗎？但同樣是人的五教聖人，他們的人生價值，怎麼有辦法在短暫的一生，就可增值這麼多，甚至他們的價值不只萬世不退，反而還不斷在增值，因為他們繼續在敦化人類，而不斷增加受敬愛的程度及範圍之故呀！

孔聖說：「可以人而不如鳥乎？」由此觀察感悟，可得一結論：「可以人而不如蟲族嗎？」

衣字部首八言偈：

衣裳襯衫褐裙襪褲，喪衰袍褂襖裝被褥，

襟袖褶襬襁褓袋袱，裔褪裕褒裁製裂補，

表裡袒裸襄襲初衷。

衣字部首偈白話解：

衣物裳服（衣裳）、襯衫、褐衣（粗布衣）、裙子、襪子、褲子；

喪葬穿的衰（同縗）衣（喪服）、禮袍外褂、棉襖、服裝、棉被、墊褥；

衣襟、袖子、百褶裙的下襬、襁褓（背負嬰兒的長布）的背袋及包袱、
苗裔褪脫、裕如褒揚、裁量重製裂縫以補漏；
外表及內心能袒誠、赤裸正義，襄贊允襲原初本衷。

衣字部首偈白話喻註：

本偈大意是，人類一生所穿的衣物，不外乎是：衣物裳服（衣裳）、襯衫、褐衣（粗布衣）、裙子、襪子、褲子，或喪葬穿的衰衣（喪服）、禮袍外褂、棉襖、服裝、棉被、塾褥，或是衣襟、袖子、百褶裙的下襬、襁袍（背負嬰兒的長布）的背袋及包袱等。

其實人的一生實際須要穿的衣服並不多，但有些窮人卻衣衫襤褸，冬天衣物不夠抗凍寒，非洲地區，更是衣不避體，連鞋都沒穿；但有的卻是名牌高貴衣物滿屋滿櫃，但仍嫌不夠，仍覺得永遠缺乏一套，故每日瘋狂購買，非常浪費。這也是一種不正常的心病，但人們卻不在意它，只要我喜歡，

有什麼不可以。這類都是身心兩迷，原本的天性良心不能當家作主。故顛倒錯亂，人生的價值觀偏差，故以財富及權勢凌駕他人。永遠貪瞋痴不斷！喜怒哀樂不定、品德不能超越有形物質，而終身墮弱、被財色名食睡所困。唯有能夠重聖輕凡，追求真理聖道的人，能夠將如苗裔般未受聖人教化，而深染的六塵，褪脫淨除，則裕如（自己的良知良能）褒揚、裁量重製有如裂縫的身心六根，以補正止漏，達到外表及內心能袒誠合一、赤裸坦白、正義凜然，而且能襄助贊化他人，使自己能永遠允襲原初本衷的良知良能或天性。方能超越一切有形之物質慾望。本心自性才能如如不動，二天時中呀！

言字部首七言偈：

說話誠謹諒詐讒，誨訛諷謠謬詭辯，警誡誣誘譏誹變，謀訟謊誤諉誅譴，

訴諛詫詛該護諫，譓識訝詬訥諱謙，諄詰誇諭諧譽讚，詩詞譜調誦詠詮，

訓議訃諺謎謚語，諮記評訂詳診誕，講詢討論訪讀談，許託謝讓請謁⿰訁宛，
誰試計認訖誸謙，誓証諾訣諸證言。

言字部首偈白話解：

為人處世時，說話應該誠實謹慎，並且原諒用欺詐或讒言陷害你的人。並效法孔子相信人人皆可成聖成賢，故他一生奉行有教無類，誨人不倦，因此，我們對那些用惡言惡行訛詐挑撥、諷刺你、放謠言傷害你、當你好言相勸，不僅不聽，反而用奇謬的話替自己不當言語及行為進行詭辯時，你都能如孔子耐心給予包容及教誨。

對那些進行誣諂、計誘他人，譏笑誹謗他人或說話及其行為一變再變、反覆無常、不守誠信的人，不只自己須要小心保護警醒自己，並且對這些人提出醒世的警誡建言，希望他們能改進，效法先聖先賢實行孝道。

對於用陰謀害人，進而又以訴訟手段及謊言及錯誤或推諉之證據證詞，誅

害他人捲入司法恐懼當中的這些惡毒陰詐的人，也用包容心，就把他們當作自己不懂事的孩子或兄弟姐妹，施以委婉的珠璣妙語以勸醒警譴，以使他們改過向善。

對於那些已被起訴、邪諛、欺詫、詛咒他人的人也應該有如慈母，包容自己的不孝子，給予進行忠諫之良言玉語，以勸醒他們戒護自己的六根（眼耳鼻舌身意），不再被六塵（色聲香味觸法）所誘，而害自己陷入殺盜淫妄酒或吃喝嫖賭吸之中，也不要再做壞事傷人，以避免自己不能超生了死，永陷六道輪迴的苦海中。

辨正明識那些令你驚訝的惡言詬病，對於那些不正的謙語，可以木訥以對或直言不諱勸諫。

並效法孔子或釋迦佛祖對於學生或信徒，不斷善叮嚀、善咐囑，常用良詰之話、誇讚鼓勵，各種譬諭、詼諧幽默的方法、榮譽心獎賞誇讚方式，諄諄教誨他們。

鼓勵他們學習唐詩宋詞、歌譜曲調、常常讀誦歌詠，使之詮然於一心之中。也勸他們對於歷代佛聖賢孝的聖訓、道德性理心法等議論，妙好而且感動人心的計詞，諺語、謎語及諸聖王德行之跡等都能熟悉。

對於體弱多病或須要幫助的人，他們所講的或請求的，我們要耐心仔細傾聽，並且記錄下來，對於他們的病情及求助，仔細進行診斷，並評估及訂定治病藥方或濟助方法，直到有效的治療或濟助方式執行後，實際改善他們的困難方法有效誕生，方可停止資助。

有空多聽人講善道或對他人講述孝道、對於孝經所謂的大大孝之孝道如有不懂之處則學古人，千里訪名師、萬里求口訣，到處詢問或參加讀書會交相討論、勤讀各種佛法道書。

肯許他人的請託，多多感謝他人、謙讓他人，他人誠摯的邀請或進謁長者或大德者時、言語態度要委婉。

無論他人或仙佛鬼神如何地對您試驗，或計劃考察方法或評認方式，自始至終堅謚謙虛忍讓。以通過各種考核試煉！發誓許願自己及眾生皆能得道，而且能證道成聖成佛，自己得道時所發之十條大願立及對老天及世人或自己之承諾、或得道時所得之三寶心法、或諸天佛聖所證所傳經典中，所有真經妙言都能實信，而發願真行實證。

貝字部首八言偈：

買賣購貿貼貸賠賺，責負賬費資賅貯貫，贓貝賄賂賭賊贏貪，貽贈貨財賑貧賦贊，賞賜賢貞貴質賓貶，貳貢贖賤賽賴賈販。

貝字部首偈白話解：

公司的貿易買賣不外乎：買貨賣貨、購物貿易、貼現貸款、賠錢或賺錢。

責實付清負債、賬款及費用，資產賅備貯存貫徹；

贓錢（古代的錢幣用貝殼製作）、行賄賂贈、賭徒及盜賊如有贏利更貪心；
貽愛及贈送貨物或錢財，以賑濟貧人、或賦予贊助；
獎勵賞賜賢才及貞心德貴質正的人、不端正的雜賓就貶離他；
用倍貳（更多的）的德行佈貢以贖抵罪賤，賽過依賴做商賈販私謀利。

貝字部首偈白話喻註：

本偈主要涵意為：公司的貿易買賣不外乎，買貨賣貨、購物貿易、貼現貸款、賠錢或賺錢；及責實付清負債、賬款及費用，資產賅備貯存貫徹實行等。

現在的社會中，有些人賺取不道德的贓錢（古代的錢幣用貝殼製作）、或用行賄賂贈等手段來賺錢、或當賭徒及盜賊來掙取不正當的錢財，以上這些人，若有贏利時，通常會更貪心；

但也有些人貽愛及贈送貨物或錢財，以賑濟貧人、或賦予贊助；或是獎勵賞賜賢才，及貞心德貴質正的人、而不端正的雜賓就貶離他；以上用倍貳（更多的）的德行佈貢以贖抵罪賤的這些人（君子上達的人），賽過依賴做商賈販私謀利的這些人（小人下達的人）。因為學君子上達的人，最後都能力行最上孝道的人，故都能成聖成賢，而孝拔九玄七祖升天。

足字部首八言偈：

跺蹬跪蹲躡踮蹦跳，
踐踏踩蹴趴踱跋跑，
踝跟蹄踵趾蹼蹭躍，
蹣跚跛足蹙跨跌跤，
蹉跎蹧蹋躊躇踽蹈，
蹤跡蹊蹺蹂躪蹇躁。

足字部首偈白話解：

腳用力踏地叫跺腳，用足頓地叫蹬足，膝蓋著地叫下跪，兩腿彎曲臀部半坐空中叫蹲下，用腳尖著地輕步而行叫躡腳走路，跛足人走路用單腳腳尖

點地叫踮腳，兩腳開著跳叫蹦跳。

用腳底反覆大力踩地叫踐踏，腳底踏地叫踩，用腳底瞬間著地叫蹴地，胸腹部向下臥倒叫趴下，慢步行走叫踱行，翻山越嶺叫跋涉，兩腳交互向前快速躍進叫跑步。

小腿與腳板之間左右兩側突起關節所在的部分叫踝，腳底的後部叫腳跟，動物腳趾前端的角質保護物叫腳蹄，腳後跟叫踵，腳指頭叫腳趾，涉水動物的腳趾中間的薄膜用來滑水叫蹼，摩擦破皮叫蹭，腳騰空抬起跳前叫躍出。

走路緩慢搖晃叫蹣跚，腳或腿有病，走路時身體會歪斜叫跛足或瘸腿，腳緊急踏地叫蹙，抬腿向前或向旁越過叫跨過，身體摔倒著地叫跌跤。

失意或失足跌倒叫蹉跎，反覆踐踏侮辱人或損害東西叫蹧蹋，走路徘徊不進叫躊躇，手腳及身體依樂曲跳動叫舞蹈。

腳行走所留下的腳印叫蹤跡，有時激動踐踏、有時蹺腳發呆行為不正常叫

蹊蹺，反覆踐踏輾壓叫蹂躪，行走不便叫蹇，著急不安的往返走動叫躁。

足字部首偈白話喻註：

本偈是說明有關足字部首重要身體部位名稱及動作的定義、及行為動作所代表的意義，與該動作與心理情緒及精神狀況的關係等，可由這些動作，了解這個人的修養至何種境界。因為中庸有云：「誠於衷，形於外」及「莫見乎隱，莫顯乎微」，不是嗎？

車字部首八言偈：

輗軏輪輻轂軸軾轅，輕軛輿轎輒轉較軟，軋輟車輛轆轤軍軒。

車字部首偈白話解：

古代大車車轅前端與車橫相銜接的部分叫輗、古代車上置于轅前端與橫木

銜接處的銷釘叫軏，而今輗軏比喻重要的關鍵或事情的大小，古代車子的結構包含有：車輪的輪輻、及轂乃車輪中心有洞可以插軸的部分、轉軸、及軾乃設在車箱前面供人憑倚的橫木、及轅乃車前駕牲畜的兩根直木等；而且輕軛（駕車時套在牛馬頸上的曲木）的輿馬（車馬）及轎子，輒（總是）轉彎時比較柔軟省力。

一但遇到戰爭時，軋壞並輟棄車輛、及轆轤（利用槓桿和滑車所製成的汲水）、及軍軒（軍用小屋）等情形，常難免會發生。

車字部首偈白話喻註：

本偈比喻，古代只有權貴富豪才有錢買車駕御，而所買的古代大車車轅前端與車橫相銜接的部分叫輗、古代車上置于轅前端與橫木銜接處的銷釘叫軏，古代車子的結構還包含有：車輪的輪輻、及轂乃車輪中心有洞可以插軸的部分、轉軸、及軾乃設在車箱前面供人憑倚的橫木、及轅乃車前駕牲

畜的兩根直木等；而且輕軛（駕車時套在牛馬頸上的曲木）的輿馬（車馬）及驕子，輒（總是）轉回彎時比較柔軟省力。但無論車子含有多名貴的結構及裝飾，一但遇到戰爭時，軋壞並輟棄車輛、及轆轤（利用槓桿和滑車所製成的汲水）、及軍軒（軍用小屋）等情形，難免會發生。

辶字部首八言偈：

邊遼遐迢逾遠邇近，逸逛追逐逶迤逗逞，
遜逆遷送迷途返迎，週遭迂迴退避遽迅，
達遇遺過迥連過遁，速遣遲遮逼迫迭迸，
逮逢邂逅遵道邁進，迪透迺述遍巡邀遴，
邃還迄達適逵遂通，遨遊逍遙逝這造逕。

辶字部首偈白話解：

邊疆遼遠、遐陋迢渺、逾越而更遠離了邇近處的本鄉；
逸樂閒逛、追妄逐流、逶迤（曲折綿延）、逗鬧逞能；
避遜違逆、遷流、攛送，迷途知返合迎於道；
週遭顛倒、迂迴曲折的事物，應該遽然退避轉進迅速；
違逆的境遇、遺墮的過錯，迥異流連、過止遵遁；
快速遣除遲慢、蘊遮、逼迫，迭忙迸進。
逮賤逢凶的人，一旦邂逅明師指授，遵奉聖道邁力精進；
啟迪透悟迺（乃）道之纘述，遍地來回巡邏，廣邀遴拔人才學參聖道；
奧邃還源、迄今達本、洽適逵道、功遂圓通。
遨遊於至道，本性自心已自在逍遙，逝化自己這個身心的六根，登逢造極之境逕復。

辵字部首偈白話喻註：

本偈大意是：我們自己身心六根（眼耳鼻舌身意），所沉染的六塵（色聲香味觸法），就像邊疆遼遠、遐陋迢渺、逾越而更遠離了邇近處的自身如來佛性，它所安住的本鄉（靈性進出的正門或窄門）；這也造成了我們自己每天所過的生活不外乎是，逸樂閒逛、追妄逐流、逶迤（曲折綿延）、逗鬧逞能。我們就這樣的糟蹋了自己這一生的光陰，失掉了我們自己，今世就可以修養成像五教聖人，而成聖或成佛的大好機會。

其實，我們自己應該避遜那些，造成我們的身心六根執著在六塵，整日都做些違逆、遷流、攛送的殺盜淫妄酒或吃喝嫖賭吸的俗事。我們應早日迷途知返合迎於聖道。也就是，我們自己週遭令自己整日顛倒錯亂、迂迴曲折的事物，自己應該遽然退避轉進迅速。真能這樣地實修及闡道，則自己在這一生，才能將自己違逆的境遇、遺墮的過錯，迥異流連於五濁六塵的苦厄輪迴、才能遏止，而使自己永遠遵遁於成聖及成佛之道。

真能如此實信實修實行，自己就可以快速遣除遲慢、蘊遮、逼迫，整日迭忙迸進於成佛成聖之道。

也就是說，我們自己都是一些逮賤逢凶的人，如果一旦能早日邂逅明師指授，就可早日遵奉聖道邁力精進；

啟迪透悟迺（乃）道（成聖成佛之道）之纘述，然後大發慈悲仁德之心，遍地來回巡邏於各家庭、社會、國家、國外，而廣邀遴拔人才來學習及參悟聖道。

使自己及天下眾生，都能常常修身養性及善養自己的浩然正氣，而使自己能三花聚頂，五氣朝元，也就是自己的三元（元精、元氣、元神）修復不外漏，如此奧邃還源、迄今達本、洽適逵道、功遂圓通。

也就可以遨遊於至道，使本性自心能自在逍遙，逝化自己這個身心的六根，而登逢造極之境逕復，也就成為在世的活佛或活聖、或活神仙、活菩薩，整日竟做像五教聖人所作的成聖成佛之事，也就是不斷地開荒闡道，

渡化眾生、至誠成全教化眾生，鞠躬盡瘁，永不休息。就像五教聖人的博愛仁慈之心，只盼大同世界或蓮花邦的世界，能早日實現於人世間。

阝（邑）字部首八言偈：

邱郊鄰郭邪邦那鄙，部郡都邑郎鄉郁邸。

阝（邑）字部首偈白話解：

邱墟荒郊、鄰區（附屬的區域）郭外（城外）、邪惡的外邦、那些邊鄙的地域；

總部王郡、首都帝邑、郎君的故鄉，文郁的府邸。

阝（邑）字部首偈白話喻註：

本偈的邱墟、荒郊、郭外、邪邦、那鄙等，皆是比喻我們自己的肉身的六根（眼耳鼻舌身意），因為它們容易深染邪鄙的六塵（色聲香味觸法），過世後就被埋在荒郊野外腐爛掉。但我們今生今世隨時隨地，卻都在為它打算，及照顧及服務它，這輩子辛苦掙錢也是為了它的吃喝嫖賭吸，甚至為了這個臭皮囊，跟他人爭的你死我活，死不相讓。一生自私自利只為自己的肉身計較打算，與別人爭奪贏了還沾沾自喜，自以為比別人聰明，別人比他笨，但死後到可能是，如孔聖所說小人下達，到黑暗的瞑界受苦，與五教聖人相比，這算有智慧嗎？

而總部、王郡、首都、帝邑、郎鄉（原郎的故鄉）、郁邸、府邸等，皆是比喻我們自己肉身的自在聖靈或天性、良知良能，它是肉身的主宰—天君，也是中庸所云：「天命之謂性」中的「天性」，它是我們自身唯一不二的「道」，允執厥中的「中」，它是中庸所云：「喜怒哀樂之未發，謂之中；發而皆中節，謂之和；中也者天下之大本也，和也者，天下之達道也」。這句話內所講的「中」及「天下之大本」，它是我們自己獨一不二的「浩

然正氣」。它是先聖所云：「道也者，不可須臾離也，可離，非道也」。這句話中所說的「道」，是不可一瞬間沒有它，因沒有獨一不二的「道」在我們自己肉身，就只剩斷氣死了之後的僵冷屍體，故它不可須臾離。

祂是我們自己最重要的部分，但我們都沒學孟子所說的：「吾善養吾浩然之氣，」我們自己捫心自問？我們這輩子花多少時間照顧祂、培養祂、善待祂，；我們這一輩子甚至都不知道，祂在我們自己身上的王宮所在位置，祂是我們肉體的主人，但卻屈服於肉體，淪落成肉體的的奴隸，故我們無法像五教聖人，一樣成聖成佛，名揚千古，萬世眾生都受聖人敦惠、受人感恩懷念。

酉字部首八言偈：

酣酌酬酢醉醺酡酲，酴酥醴醁酩酊酒醒，

醓醋酸酐醛醚酯酮，醱酵醞釀醍醐醣醇。

酉字部首偈白話解：

暢快酣酒對酌、互相熱情酬酢敬酒，最後大家都醉醺醺，臉色酡紅而酲醉（沉醉）。

大家盛情互敬酴酥酒、甜醴酒、美醁酒，以致酩酊大醉，最後酒退人醒。酒中有如下成分醯醋及乙酸酐、醛類、酮類、酯類、酮類化合物，故氣味不同，也是造成人類會宿醉及酒精中毒的重要因素。故在醱酵製酒（醞釀）過程中，如將以上雜質適當醞釀轉化或提純時，所剩下的就是醍醐（美酒），它是淳純的醣醇。

酉字部首偈白話喻註：

本偈告喻世人，相互請客敬酒，雖是好事，但喝酒會酩酊大醉，不醒人事，有些甚至醉酒後鬧事，闖下大禍，而身敗名裂，有些人則是利用人類貪杯的弱點，進行杯酒釋去兵權。

更何況常喝酒喝到醉醺醺，會有酒癮而酒精中毒，不可不喝酒，最後爆肝而死亡。

更何況酒中多少含有醯醋酸、醛、酯、酮、酐，如果醞釀轉化過程不佳而殘留過多，或是工業合成酒精調製，則更容易中毒或成癮而傷肝，傷害身體，故進德修身或茹素之人，大都避免喝酒。

金字部首八字偈：

鉛鈉鋁錳鐳鈾錫銀，鑄鍋鍛鍊鐮錨鉗銃，

鋼鋸鎚鋤鈞鉤鐵針，鎗鏟鎖鏈鍍鏡銅鈴，

錘錯鐺鑼鏗鏘金鐘，鑲鑽錶鐲鏤鑿錀鍾，

鋪銷鉅錢銜鑣錮鎮，鈞鑑銓鍥鍵錄錦銘。

金字部首偈白話解：

金屬種類繁多，但與人日常生活中，比較常用到的有鉛、鈉、鋁、錳、鐳、鈾、錫、銀，另外還有金、銅和鐵。

其中鉛可用作耐硫酸腐蝕、鉛蓄電池，及阻防放射線、聚氯乙烯的鉛系安定劑等；鈉用在鈉蒸氣燈，另外在內燃機的致冷閥中作為一種傳熱劑，鋁有韌性，且它比重較鐵輕，而且又有良好的導電和導熱性能，鋁也具有高反射性和耐氧化性，故鋁常被人廣泛地應用在日常生活當中，例如，它可作飛機、車輛、船泊、火箭的結構材料。它可以和少量的其他金屬如銅、鎂、或錳組成鋁合金，是地殼中貯藏量最豐富的金屬，大約在百分之七以上。

錳元素通常是硬和脆，似鐵，但卻無磁吸性，可製成錳鋼。

鐳有放射線，可以製成鐳射切割機，切斷或雕刻其他金屬或如壓克力板等。

鈾有放射能，故可製成核能發電廠的發電的鈾棒，當燃料材。

錫則可作成錫箔紙或馬口鐵，用以製作各種包裝材或罐子。

銀則是溫度計中，常用來測試溫度並作指標的材料。

金子則作成各種飾品，如手濁、戒指、項鍊、耳墜子。

銅則可熔鑄成銅像或佛像或各種銅器，也可製成電線等。

鐵則可打造成各種器具如，汽車鋼板、船艙、槍砲、房屋、貨櫃。

鑄，意為將一種或多種金屬熔化後，倒入模具裏鑄造成器物，例如鋼鍋或鋁鍋。鍛造治煉就是反覆幾次將金屬放在火裏燒烤，然後取出用鐵錘敲打，以製成各種器具，例如鐮刀、船錨、鉗子、銃子（金屬製的打洞器具）；

又例如鋼製鋸子、鐵鎚、鋤頭、釣具、鉤子或鐵針；

又例如火槍、鏟子、鎖頭、鐵鏈、鍍銀的鏡子、銅鈴；

又例如鐵錘、錯刀（同銼刀）、鐺鼎或茶鐺、銅鑼、可以鏗響鏘鳴的金鐘。

又例如有鑲嵌鑽石的手錶或手鐲、雕鏤刻鑿的鑰匙及酒鍾（酒器）或鍾鈴。

鋪家（商店）銷售所得鉅額利潤的金錢，須銜請保鑣錮防鎮守。

鈞德鑑澈銓定鍥核，鍵入並載錄其文錦而銘標金榜。

金字部首偈白話喻註：

本文比喻各種金屬元素，各有其獨特性質，鑄造冶鍊名匠，必須運用匠心智慧及技術，善用各種金屬的各種特性，選擇適當的爐火以熔鑄一種或多種金屬，並鍛打冶鍊成各種器具提供給各種人，幫助其工作而服務他人。優秀的匠鋪，因打造出各種優秀的冶具器物，幫助他人謀生而貢獻服務給社會國家。使自己、他人及國家賺到鉅額利潤金錢，改善生活品質。經各方肯定鈞鑒其殊德貢獻，而金榜題銘，將其功勳鍵入載錄至耀錦金銘中，名揚天下及千古。

同樣地，老天選派天命明師及諸天仙佛（五教聖人）倒裝降世，暗鈞賢良（各種金屬），並依其特性及發心，選擇適當的道場或地方、或週遭人士，正向幫助或逆向考驗各賢士善女修身養性，經過各種千錘百鍊，而精心打造出各種質優且德性超群的人才（優質冶具器物），打幫助道，開荒下種，

最後他或他所渡化的人，皆可如五教聖人或仙佛聖賢或天使，金榜題名，證道成仙作佛，超拔九玄七祖升天，同享永久光明極樂，名揚天下及千古。

門字部首八言偈：

閎闊闈闢閘門間闌，閂開閨閣闖關閉閻。

門字部首偈白話解：

閎大廣闊地闡述聖賢大道，闢開妙智慧房間的閘門及闌牢；閂避讓開閨女閣門，闖入玄關妙道大門，關閉會害自己死後進入閻羅十殿受苦的身心六根。

門字部首偈白話喻註：

本偈比喻，我們自己必須闊大廣闊地闡述聖賢大道，闢開自己及眾生妙智慧房間的閘門及闌牢；並且閃避讓開閨女閤門，嚴守五倫及五戒，讓自己及眾生都能闖入玄關妙道大門（君子上達），學顏回守死善道，聞一善而拳拳服膺，而且能隨時允執厥中。自然就能關閉會害自己死後，進入閻羅十殿，受苦的身心六根，因為六根若被六塵所迷染，則永遠不能超越生老病死的六道輪迴，故死後下地獄至閻羅十殿受苦（君子下達）。

門字部首偈白話附註：

我們每個人應該選擇闢開妙智慧房間的閘門及闌牢；而閃避讓開閨女閤門，嚴守五倫及五戒。

阜字部首八言偈：

阡陌陸隴險阪陡陵，隱隧隔障阻防陷阱，際限院隅隕隳隊陣，陋隙陶降隆

陽除陰。

阜字部首偈白話解：

阡陌（田野之間）、陸地中的隴畦（田埂），險峻的山坡及陡峭的丘陵。隱藏的隧道、隔離的障礙是阻絕防護敵人攻擊的陷阱；邊際界限處，防衛部隊宅院的角隅，有隕石般墜落物，崩隳軍隊的陣容；陋習罪隙陶化降伏，隆盛玄陽滌除蘊陰。

阜字部首偈白話喻註：

本偈比喻縱使在阡陌（田野之間）、陸地中的隴畦（田埂）、及險峻的山坡及陡峭的丘陵之中，設置隱藏的隧道、及隔離的障礙等，可以阻絕防護敵人攻擊的陷阱；但邊際界限處城市的角隅，仍然難免會有砲彈等，像隕石般地崩隳軍隊的陣容。

這種情形也好像是我們自己，如果有六塵及殺盜淫妄酒等陋習罪隙，我們自己必須陶化降伏，也就是隆盛玄陽（自性佛），滌除六塵等蘊陰，否則我們自己有一點疏忽，就好像你的防衛措施做的再好，邊際界限的防衛部隊所住宅院的角隅，還是會被敵人所發射砲彈，如隕石般崩毀我們自己的軍事陣容，也就是說，我們自己的六根，就會被六塵從最注意不到的地方所迷惑崩毀。

隹字部首八言偈：

雛雞雉雀雕雁雜集，雋雅雄雌雙雍難離。

隹字部首偈白話解：

雛稚的小雞、帝雉（野雞）、孔雀、鷲雕（同鵰）、雁子混雜集聚。雋壯美雅、雄性和雌性，雙方雍睦和諧，難以離異。

隹字部首偈白話喻註：

本偈比喻眾生就像雛稚的小雞、帝雉（野雞）、孔雀、鷲雕、雁子混雜集聚。雋壯美雅、雄性和雌性，雙方雍睦和諧，難以離異。困在男歡女愛之中，不知寬擴其胸懷及高瞻遠矚，以超越其私心之愛，變成大愛或博愛，廣泛敦化普羅大眾。

雨字部首八言偈：

霎電雷霆霹靂霍震，霾霧霜雨雪雹霪霖，雲霄霓霞霂霈露零。

雨字部首偈白話解：

霎時閃電打雷、雷聲惊霆，尤其暴雷聲霹靂響，霍然震撼人心。

塵霾雲霧、霜落雨飄、下雪及冰雹、甚至暴降連綿不停的霪雨，但有時適宜地降甘霖。

天空雲霄，在雨過天晴時，有時出現彩色霓虹；而晴天的傍晚，會出現的晚霞；有時飄著小霂雨，有時大雨盛霈，有時早上有露水，但也時以上所有的都歸零，而晴空萬里連雲都消失。

雨字部首偈白話喻註：

本偈比喻，每人原本天生的自性佛，就像原本的天空是晴空萬里，連雲都沒有，但在從母親肚子出生的一霎那，放聲大哭時，就像霎時閃電打雷、雷聲惊霆，尤其暴雷聲霹靂響，霍然震憾人心。

接下來如晴空里無雲的天生佛性，就被六塵（色聲香味觸法）等遮住，這就如同萬里無雲的晴空，突然有了塵霾雲霧，而被它們遮住，如果雲層太厚時，天氣氣溫也驟降時，甚至霜落雨飄、下雪及冰雹、甚至暴降連綿不停的霪雨，但有時適宜地降甘霖。

有時候，天空雲霄，在雨過天晴時，會出現彩色霓虹；而晴天的傍晚，會出現晚霞；但有時又會飄著小霂雨，有時又大雨盛霈，有時早上有露水，以上氣候是如此的陰晴不定，變化萬千，它們就像我們自己身心的六根被六塵所遮蔽，而起伏不定，因而忘記自己原來晴空萬里無雲的自性佛，故身心六根困在酒色財氣，及殺盜淫妄酒之中，喜怒哀樂不定，沒辦法致中和。

但如果有天，我們自己訪得明師，受其指授，並告訴你的原本晴空無雲的天生自性佛所在地時，您若能當下開悟，則霎時以上所有的雲霧霜雪大小雨，甚至暴雷暴雨都歸零，而能重回晴空萬里，連雲都沒有的原始狀態，而成聖成佛。這也就是中庸所云：「喜怒哀樂之未發，謂之中；發而皆中節、謂之和。中也者，天下之大本也；和也者，天下之達道也。致中和，天地位焉，萬物育焉。」完全一樣的意思。也如同老子清靜經所云：「人能常清靜，天地悉皆歸」。

頁字部首八言偈：

顱顎額頭顏頰項頸，頑頹顫顛頗類須頓，頂領題頒願頃顯頌。

頁字部首偈白話解：

頭顱也包含有上下顎、額頭、顏面及臉頰頸項（脖子）。愚蠢、頹固、顫動、顛倒錯亂、以上這些偏頗的人類，必須使之頓化。最頂巔的領導人，所題署頒賜（最上玄寶），願意頃刻顯揚及傳頌。

頁字部首偈白話喻註：

本偈比喻每人人體最重要部位是頭部，而頭部的結構大家都相同，包含有頭顱、上下顎、額頭、顏面、臉頰、頸項（脖子）。但因頭內的自性佛迷悟不同，有些人有大智慧及大慈悲心，而可以成佛成聖，但有些人愚蠢頹固、顫動不安、顛倒錯亂，以上這些偏頗的人類，必須靠大德者，使他們頓化成聖成佛。

其頓化方式為：訪明師，並至誠請他指授最頂巔的領袖（維皇上帝）所題署頒賜的最上玄寶，並且至誠實修即可頓悟，並願意將此最上玄寶頃刻顯揚及傳頌他人。幫助眾生也以頓悟成聖成佛。

食字部首八言偈：

飢餒饑餓饋飯飽飲，飴餚餡餃饅餞飾餅，

飼養餵食饒饈飶飧，餐館饗飫餽餉餘飪。

食字部首偈白話解：

遇到飢荒餒腹（肚子餓）饑餓的人，應饋贈飯菜，能夠吃飽及供水飲用。或用飴糖、佳餚、包有餡料的水餃、饅頭、蜜餞、及有彩飾的餅乾，招待他們享用。

飼養家人，餵食他們，必須用饒豐珍饈，及芬飶（芳香的食物）美飧。在餐廳飯館饗食宴客，要讓客人飫飽（吃飽），並且餽贈遺餉及多餘已烹飪的食物。

食字部首偈白話喻註：

本偈比喻四海之內皆兄弟，並且要有民胞物與的仁德胸懷，遇到飢荒餒腹（肚子餓）饑餓的人，應饋贈飯菜，使他們能夠吃飽及供水飲用。或用飴糖、佳餚、包有餡料的水餃、饅頭、蜜餞、及有彩飾的餅乾，招待他們或有來往的親朋好友或同修們享用。

飼養家人，尤其是父母親，餵食的飯菜則必須用饒豐珍饈，及芬飶（芳香的食物）美飧，以表示孝心。尤其注重養生保健，及食物的清洗乾淨，及無農藥等污染。因為醫食同源，預防重於治療；更何況孝經有云：「身體髮膚，受之父母，不敢毀傷，孝之始也」；又往聖也說：「民以食為天」。故對食材的營養保健功效、食材之耕種方法（包括有無污染及農藥殘留）、及儲存方式、烹調方式、清洗方式、鍋子碗盤材質及清潔用品、都必須用心深入研究，不可隨便輕忽，尤其進餐之禮節亦不可不重視。若在餐廳飯館饗吃飯，要讓客人飫飽（吃飽），並且餽贈遺餉及多餘已烹飪的食物，才不會浪費食物。

馬字部首八言偈：
駱駝騾驢駏驉驥駿，駐驛駜馬驍騰驫騂，
驟馴駁騙驕騷駭驚，駕馭驃騎驅駛馳騁。

馬字部首偈白話解：
駱駝、騾子、驢子、駏驉（公馬母騾的雜種）、千里馬、駿馬；

駐守的驛站內，都是駜肥強壯的悍馬，都能驍勇騰空驫行，嘶叫聲駍隱。驟然急速地馴服駁斥自己的誆騙不實、驕奢騷亂、駭駟狂奔、及驚擾不安等；

駕駛驃勇的神騎，驅動馳駛、馳騁萬里。

馬字部首偈白話喻註：

本文的要意是，縱使您有駱駝、騾子、驢子、駏驉（公馬母騾的雜種）、千里馬、駿馬等，或有擁有像駐守在驛站內，都是駜肥強壯的悍馬，都能驍勇騰空驫行，嘶叫聲駍隱。可以幫你打戰，守護家產，或馱您南來北往，甚至通過沙漠，橫行無阻，幫您日進斗金。但您不能永遠擁有他們，他們跟您都會生老病死，總有一天，您和他都有走不動、及逝世的時候。更何況，您和他們縱使再驃悍、聰明，可以日行千里、克敵制勝，打敗任何人，而日進萬金。但如果您沒有明師的指授、令您開悟，您也不知道如何來戰勝自己，以降伏自己的六根，淨化六塵，你自己永遠是自己六塵及他人的奴隸，因為您的自己的良知良能的佛性，不能如如不動，不斷受六塵及他人影響，躁動不安，無法清靜。

唯有受明師指授的人，才能有妙智慧及密寶殊道，可以驟然急速地馴服，自己所有的誆騙不實、驕奢騷亂、駭駟狂奔等六塵、及驚擾不安的六根，然後可以駕駛驃勇的神騎（清淨無染的如來自性佛），驅動馳駛、馳騁萬里，以興世濟民，渡化眾生。

魚字部首八言偈：

鮮鮑魷魚鰍鱆鰻鱒，鮭鯉鯽鱖魯鱷鯊鯨。

魚字部首白話解：

鮮美的鮑魚、魷魚、泥鰍、鱆魚（河豚）、鰻魚、鱒魚；

鮭魚、鯉魚、鯽魚、鱖魚、粗暴的鱷魚、鯊魚、鯨魚。

魚字部首偈白話喻註：

人類常食用比人類弱小的鮮美的鮑魚、魷魚、泥鰍、鱆魚、鰻魚、鱒魚，及鮭魚、鯉魚、鯽魚、鱖魚等；但卻被比人類強大且粗暴的鱷魚、鯊魚、鯨魚所強食。如若被鱷魚、鯊魚、鯨魚所強食吞入肚子的是您的孩子或父母親，您作何感想？但今為何我們卻強食比我們弱落的鮑魚、魷魚、泥鰍、鱆魚、鰻魚、鱒魚，及鮭魚、鯉魚、鯽魚、鱖魚等，如果我們自己是這些魚類，而今卻被人類強食吞入腹中，食用時還哈哈大笑，您作何感想，請不要忘記能量不滅定律及質能互換原理，由此原理得知：「能量可轉化成質量，質量可轉化成能量」，而今不管是人類或動物，凡是能自己活動的一切萬物，都是有無形的靈能及有形的質量所結合而成，那麼這些被您吞食的魚類，它們的有形質量的肉體被您吞入腹中，而在您腹中這些肉體會被消化轉換成反撲及反彈的能量，再加上它們無形的靈能，您是無法吃進您的肚子，那它們還是會存在，但它們到底去了那裡呢？它們對您吃了它的有形質量的肉體，難道都不掛意嗎？如果是您自己被吞食入腹，您不在意嗎？另外再參悟物理力學原理：「作用力等於反作用力」，就像「您在地上拍打一粒球，您拍多大力，它就反彈多高及多大的力量」。那麼「被您吃入肚子的有形肉體及外在沒被您吞食靈力的反作用力，就一定會反撲反彈您」，這也是宇宙中，放入四海皆同的原理、及一定不變的真理，不是嗎？只是它們的反撲及反彈是默默地且慢慢地進行中，尤其粗心的您自己，都沒反省仔細察覺而已，故人類的身體很多都是來自五臟六腑、及血管筋骨等體內的慢性病，且怎麼醫都醫不好呀！再加上外在大地環境，也在反撲人類，人類目前就被如此內外夾擊中，尤其氣候日異變遷及詭異無常，及災害頻傳，都超出人類能力可應變的範圍。

鳥字部首八言偈：

鵬鵰鴻鶴鷺鷥鳶鷹，鸚鵡鶇鷲鴿鵑鵲鶯，
鵪鶉鴛鴦鳳凰鳩鳴。

鳥字部首偈白話解：

大鵬鳥、大鵰、鴻雁、野鶴、白鷺鷥、鳶鷹（老鷹）；鸚鵡、鶇鳥、羌鷲、鴿子、杜鵑、喜鵲、黃鶯；鵪鶉鳥、鴛鴦鳥、鳳凰及斑鳩啼鳴；

鳥字部首偈白話喻註：

本偈大意是，鳥類有身體巨大的大鵬鳥、大鵰、鴻雁、野鶴、鳶鷹（老鷹）等；另外還有身材一般的白鷺鷥、鸚鵡、鶇鳥、羌鷲、鴿子、杜鵑、喜鵲、黃鶯，鳩鴿、鵪鶉等，另外鴛鴦鳥、鳳凰常常是一對佳偶恩愛合鳴。這些鳥類雖然可以在天空高飛翱翔，但最後一定會降落，找一個地方棲息。所以詩經云：「緡蠻黃鳥，止于丘隅」。子曰：「於止，知其所止，可以人而不如鳥乎？」上兩句大意為，詩經中說：「會鳴啼的黃鸝鳥，也知道丘崗休息停止於一個隅角」。孔子說：「對於休止棲息，必須知道自己該有所棲息時，該停止在那裡棲息，我們是萬物之首的人類可以不如鳥兒嗎？」我們不可讓自己身心的六根（眼耳鼻舌身心），不斷地追逐六塵（色聲香味觸法）及吃喝嫖賭吸，如鳥類在空中毫無目標、漫遊飛行不停，我們必須時常止守玄中（允執厥中）方能使六根清靜不染六塵，如此自己的靈性（佛性）自然能清淨莊嚴自在，德行威儀美盛，渡化感動無量無邊眾生，持續光明照耀於世。所以詩經也云：「穆穆文王，于緝熙敬止。」穆穆是德行威儀美盛，緝熙是持續光明而不休止。「文王的德行是多麼偉大美好啊！能持續昭明百姓，他的德行威儀，為天下人民所敬仰依止。」

貳、部首詩偈全文（大字體）

二字部首五言偈：

井五互些云，二亞于亟亙。

人字部首八言偈：

佛陀俊仙俐仕佳僧，侯伯偉傑俠侶儒僮，
使倌偽僚保傳僕傭，侏儸僑佃傻俘僱佣，
倒債付儘佚依伶仃，催促俺倆偕作仝併，
俯仰企信借假修仁，倉儲備優但仍儉供，
侍俸低侈何倚僥倖，仗佰仟億倘傾值停，

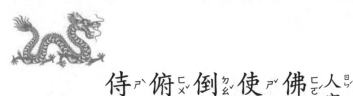

俏倩傢伙伏休似俑，倔傲偏僻伐傷儀倫，
佈什倍來佑你健伸，估價以件伺候佐份，
余今做個條例便令，侵佔傍側住位儼偵。

儿字部首八言偈：

兀元充足兆光免凶，兜兔先克兢兒兌允。

冫字部首五言偈：

冰冬准凋冷，凜冽凌凍凝。

刀字部首八言偈：

刀刃分切削刮剝剷，剌划剃刨剋剖割劍，

判別刪劃劇則列刊，刷前剎劈剛剔剩剪。

口字部首八言偈：

嗎哦唉呀哉吧喲嗯，喟嘆唷唔嘿咦啊哼，

喂嗨哈囉呼喚喊問，咖啡啜含吱喳嚐品，

嘰哩咕嚕嘩啦吃啃，吹噓唧呱喧嚷吆哄，

吶吵嘎嚎咆吼嘶吭，喇叭嘹囂哨嗖噹咚，

哮喘噎嗝噢咻哽呻，咽嗓嚅囁咳嗽嚏噴，

嗆嘔吸吐嗑喝咬吞，咀嚼嘴喙噬嚥喉嚨，

嘮叨嗦唸咐囑叮嚀，嘻嘲嚇唬嘈嘖喋吩，
嗶哇吠哞咩咪喵嗡，呢喃啁啾喔啼嘯吟，
吊喪吁哭嘀叫哀鳴，囊口司嚴周和哲命，
呆商各嗇嗜噩召名，嚮古嘉史吉吏喬君，
咱吾只可咸叩合同，另否囂味告咎咒呈。

土字部首八言偈：

塭塘堤坊圳堰壩墩，坡塢坦埔坎壑坼坑，
坷埂壞墟墓場墳塚，城垣堡壘塔埠墅埕，
垮墜塌塹垃圾堆增，填土地基壓堅坪均，
壇堂垢堵垂墮塵境，壤埃執塞圭墾培坤。

大字部首八言偈：

太天央大夷夫契奉，奢夸夾失奄夭奚奔，
奇奏奪奐奘奧奕奮。

女字部首八言偈：

妮妓姦婪嫉妒奸妄，妃妾妖媚娛嬉嫌妨，
奼嫣女媧嬌姸姬姜，妣婆姑姨媽嫂妻姊，
嬤嫗姆嬸妞姪妹姐，婚姻娶媳奴婢奶娘，
她如娃嬰妙好嫁妝，委婉姿嫩嫻媲嬨嫦，
姣嬿娟嫋姍婷孋孃，嫊妤嬪嬙孍嬚婦孀。

子字部首八言偈：

孔孟孚孵孤孩孺孫，學子孝字孜孰孢存。

宀字部首八言偈：

家宅完守宰官寰宏，富實宇宙宜寥宸宮，
它寮害寇宿寵宵寧，寢室安寐寒寓宛定，
宕寄客寨宗密寡容，寅寤寂寶宣寫察審。

寸字部首五言偈：

尉將專射封，寸室導尋尊。

尸字部首八言偈：

屠屍屁尾屎尿層屢，屏居屋尼展屈屬履。

山字部首八言偈：

崢嶸崑崙巍峨峰巔，峻峭屹岌岱嶽山嵐，
崔嵬崇嶺峙崗崛嶄，峽峪崎嶇岷岸巖崁，
岳岡崩岔島嶼岩巒。

巾字部首八言偈：

師帶帥幟帆幔幮幢，帝席常位帷幄帖幫，
布帕巾帽幅帛幕帳。

弓字部首八言偈：

強張弓弩弧弦彈引，彆弱彎弛弗彌彊弘。

彳字部首八言偈：

徘徊彷彿徬徨徙從，待徒徂徠衛覆役征，

微徐徵徽徹得彼循，往復徜徉御律德徑。

日字部首七言偈：

早旦晨曦晝曙昇，昱旺昭崑晌昌明，

日昧暮昏晚暉暈，旭曝暖晾晷晒晴，

暑曆暴旱曠暇景，晏春星晃普暱映，
昨昔晤是暨智晶，旨暄暢曉易昂晉。

月字部首六言偈：

月有朔望朦朧，朕期朝朗服朋。

木字部首八言偈：

楠檜榆櫸杉柏柳松，梧桐槿棕樺樅梓楓，
栗李棗梅椰梨柚橙，櫻桃橄欖枇杷柿杏，
桑椹檳榔柑橘檸檬，楊桃枸杞椒榴桂桐，
檀橡棕櫚樟枳檍榕，杆杵條桿櫓槳柯柄，

機械枴杖槌槍棒棍，櫥架櫃檯床板榻枕，
案桌椅楣框檔橛椿，橋梯樑柱楔榭樓棟，
樊檻柵欄棋棚棧村，格栽枝椏梳束棘根，
枯末朽木棄柴樵梗，樂植果樹樸棲林森，
析查標檢柔構楷本。

水字部首八言偈：

污汙沉涸江池洄氾，渣沙滋滯溝渠溢淹，
海洋波濤洶湧溺灘，滂沱沛注沼澤漲滿，
洪流滔浪滅沒港灣，澳濱汀洲激瀾澆漫，

潮汐澎湃水沖浦潭，
渤湍消涔涓淌淙潺，
淫淨淆滌永求清澹，
混沌淬淳沁汝溶涵，
滄涼淒漠漸泰溫添，
濁沾頻濯淘澄瀆濺，
沸沫汽濛淑法治源，
漬漆瀰瀉洽派澡浣，
灌溉瀚沃穎渥準演，

漩渦汪滾蕩漾漪漣，
沐游泡泉泊漁涯澗，
濃湯鹵汁汲液沏淡，
汰澈油滑溜漏沮渲，
泣淚汗滴淋漓洩減，
瀟灑活潑浩渡河漢，
濟渝淪濘滲瀑潔淵，
津漉潤溼漱渴況淺，
渺測渙沓溯湊淅湛。

火字部首八言偈：

炒炸燻烤烹煮熬煎，燉焙燜炊爆熔煲煉，
熱燙烘烙燴燒炭煙，爐灶煤火灼焚烈燄，
營燈煦照煌煒熙煥，燭炬燠燥炯炳燎然，
烽炮煞焰熹炫爍燦，烯烷熊焚無灰焦燃，
煽熄災炕灸炙煩炎。

牛字部首八言偈：

犧牲牠物特牟犀犄，牧犢牴牢牡牛牽犁。

犬字部首八言偈：

猩猿獅獸狄犯狠獷，狐狸獼猴狡猾猖獗，

狽犬狼狗猙獰狹狂，猛獻狩獵獨獲獎狀。

玉字部首八言偈：

瑪瑙瓔珞瓊瑤璿璶，瑞璧琇琪琦瑋瑜瑾，

琉璃琥珀璀璨珠珍，玫瑰珊瑚璞璟玲瓏，

琳瑯琵琶璇瑟璋琴，瑚璉玉璽瑛瑤王瑩。

田字部首八言偈：

田畝甸疇畦畔界疆，男畏畸異當畚畜疊，
由甲申番畢暢畫略。

疒字部首八言偈：

瘡癬疣瘤瘍癢痘疹，癩痢疤痕瘠瘦癟癥，
痲痺癱瘓痴症癲瘋，瘧疾痰瘖癮疫癌痛，
療疵痊癒疚痠疲疼。

目字部首八言偈：

睜眼真睛眉睫眶臉，矗瞿眨瞥瞬盼瞧看，

瞌睡盹相瞄瞟矇瞞，盲盯瞎眇眠目睏眩，
瞠瞪睹矚瞋睽直眈，眷睞督睬眺瞻瞭瞰。

石字部首八言偈：

礦矽硫磺硝硼磷碘，硅砂碎礫咾咕硬磚，
砲破砌碑砸磁碟碗，磅礴碩碧礁磯石礹，
磨礱砥礪確磋碾研。

示字部首八言偈：

祠社祭祀祈福神祇，禪祖示祐禎祥祉禮，
祂祕祝禱禦禍祿禧。

禾字部首八言偈：

稻秧秋禾穀稞穗稔，租稅秤稽稼穡積穩，
穆穌秩秘秀稿稱稟，穎移私穢秉種科程。

穴字部首八言偈：

穿穹窸窣窗窯窈窕，竊窟窘窩窿窪窮窖，
窺究竇室窄穴空竅。

竹字部首八言偈：

籐籠籮筐簸箕簍籃，箱筒篝篩籬笆筷箭，
簑笠簾篷竹筏篙竿，笛笙筑箏箋簧簫管，

簡策簿籍符籤筆箋，籲篤範篇等第籌算，
節箍筋笨笑答籟筵。

米字部首八言偈：

糯糬糧糖粟粱糙米，糕糰粉粥粑粄粽粒，
精粹糟粕粘粿糊糜。

糸字部首八言偈：

纖維紡紗綵綢紅絨，綺羅絲絮繪緞絢綸，
紫絹縷線績繡縫紉，繁緣繚繞綴累縐紋，
絞索綑綁纏繫纜繩，編緝組織給繕系統，

經緯綱紀締約綻總，紓緩糾結縴絆緊繃，
紐綽紊纍縛縮網縈，細緻綿緒納練素純，
縣紳紹繼絡繹繽紛。

肉字部首八言偈：

腦臉脖肩胸脯腹腔，背脊腰臀臍肚肋脅，
腮唇腋腺肫肛膀胱，肝膽脾肺胰胃腎臟，
胳臂肘腕腿腳腑膛，肢脈膝臏骨膠脂肪，
胼胝膚脫膿腐膨脹，腥膳膾肴脆膩肥腸，
肌肉胚胎胞膜腫胖。

艸字部首八言偈：

蘭花茉莉薔薇芙蓉，菖蒲荻葦菟葵莎萍，
芳草蓊蔚萋華葆蓬，芒菓芭蕉藷蔗萃蘋，
葡萄蕃茄藍莓茱葚，蒸蔬菠菜茼蒿薑菱，
芽藻薯芋葫蘆芹莖，蓮藕蘿蔔蕨蘇菇菌，
艾藥薄荷芝葛菊薰，蔥蒜菸葉蕎薤蕩葷，
藩落茅茨蒼茫萎蔭，莊苑荒莽荼苦蘊蒙，
菩薩蕙藹茹茲茁萌，蔽蓑蕪蔓莫著若芸，
藉藝荐薪蓓蕾英芬，蒂苞菲菁荳蔻茂茵。

虫字部首八言偈：

蝦蚌蠔蠣螃蟹蠵蟲，蚵蜋蜣螂蟒蛇螟蛉，
蚤蛆蟑螂螞蟻蚊蠅，蝸蛙蝌蚪蟾蜍蜈蚣，
蠶蛹蛻蛾蝴蝶蜻蜓，螯蝟蟋蟀蜥蜴蚯蚓，
蝙蝠螽蝗蟬螳蜜蜂，蜘蛛蛤蟆蚱蜢蛟螢，
蛔蟯蟄蠱蝨蚜蠹蠢。

衣字部首八言偈：

衣裳襯衫褐裙襪褲，喪衰袍褂襖裝被褥，
襟袖褶襬襁褓袋袱，裔褪裕褒裁製裂補，
表裡袒裸襄襲初衷。

言字部首七言偈：

說話誠謹諒詐讒，誨訛諷謠謬詭辯，
警誡誣誘譏誹變，謀訟謊誤諉誅譴，
訴諛詫詛該護諫，譓識訝詬訥諱譧，
諄詰誇諭諧譽讚，詩詞譜調誦詠詮，
訓議訃諺謎謚諳，諮記評訂詳診誕，
講詢討論訪讀談，許託謝讓請謁䛷，
誰試計認訖詃謙，誓証諾訣諸證言。

貝字部首八言偈：

買賣購貿貼貸賠賺，責負賬費資賅貯貫，
贓貝賄賂賭賊贏貪，貽贈貨財賑貧賦贊，
賞賜賢貞貴質賓貶，貳貢贖賤賽賴賈販。

足字部首八言偈：

跺蹬跪蹲躡踮蹦跳，踐踏踩蹴趴踱跋跑，
踝跟蹄踵趾蹼蹭躍，蹣跚跛足蹙跨跌跤，
蹉跎蹧蹋躊躇踽蹈，縱跡蹊蹺蹂躪蹇躁。

車字部首八言偈：

輗軏輪輻轂軸軾轅，輕軛輿轎輒轉較軟，

軋輟車輛轆轤軍軒。

辵字部首八言偈：

邊遼遐迢逾遠邇近，逸逛追逐逶迤逗逞，

遜逆遷送迷途返迎，週遭迂迴退避遽迅，

違遇遺過迥連遏遁，速遣遲遮逼迫迭迸，

逮逢邂逅遵道邁進，迪透迺述遍巡邀遴，

邃還迄達適逵遂通，遨遊逍遙逝這造逕。

邑字部首八言偈：

邱郊鄰郭邪邦那鄙，部郡都邑郎鄉郁邸。

酉字部首八言偈：

酣酌酬酢醉醺酡醒，酴酥醴醁酩酊酒醒，
醯醋酸酐醛醚酯酮，醱酵醞釀醍醐醣醇。

金字部首八字偈：

鉛鈉鋁錳鐳鈾錫銀，鑄鍋鍛鍊鐮錨鉗銃，
鋼鋸鎚鋤鈞鉤鐵針，鎗鏟鎖鏈鍍鏡銅鈴，
錘錯鐺鑼鏗鏘金鐘，鑲鑽鑣鐲鏤鑿鑰鍾，

鋪銷鉅錢銜鑣錮鎮，鈞鑑銓鍥鍵錄錦銘。

門字部首八言偈：

閎闊闡闢閘門間闌，閃開閨閣闖關閉閻。

阜字部首八言偈：

阡陌陸隴險阪陡陵，隱隧隔障阻防陷阱，

際限院隅隕隳隊陣，陋隙陶降隆陽除陰。

隹字部首八言偈：

雛雞雉雀雕雁雜集，雋雅雄雌雙雍難離。

雨字部首八言偈：

霎電雷霆霹靂霍震，霾霧霜雨雪雹霪霖，
雲霄霓霞霂霈露零。

頁字部首八言偈：

顱顎額頭顏頰項頸，頑頹顫顛頗類須頓，
頂領題頒願頃顯頌。

食字部首八言偈：

飢餒饑餓饋飯飽飲，飴餚餡餃饅餞飾餅，
飼養餵食饒饈飶飧，餐館饗飫餽餉餘飪。

馬字部首八言偈：

駱駝騾驢駏驉驥駿，駐驛駜馬驍騰驫駍，
驟馴駁騙驕騷駭驚，駕馭驃騎驅駛馳騁。

魚字部首八言偈：

鮮鮑魷魚鰍鱆鰻鱒，鮭鯉鯽鱖魯鱷鯊鯨。

鳥字部首八言偈：

鵬鵰鴻鶴鷺鸞鳶鷹，鸚鵡鶇鷲鴿鵑鵲鶯，
鵪鶉鴛鴦鳳凰鳩鳴。

參、禮運大同篇傳燈學解白話解釋

禮之叩拜無念至誠

禮乃是行「之」字跪叩禮拜，達到無念至誠如神之境界，才是禮，否則心性有絲毫欲心妄念，則行禮不誠，又因未克除六塵使六根清淨無染，則克己復禮之功未成，人心未死，仁心未現，那有禮呢？

運行抽坎填離內聖

運乃運行抽坎填離內聖功夫。因人剛初生時天性本為至善，靈性進出之玄關竅內，為至清元神之乾卦，而下田命門為元精坤卦，但六根眼耳鼻舌身意漸長開始起用，則被六塵色聲香味觸法所染困，則元神元精元氣經由六根外洩，而致顛倒錯亂，以致乾卦與坤卦中爻之陰陽對調，故乾卦轉成離卦，坤卦轉成坎卦。故須拜明師開智慧，運用所得之三寶心法，行使真人之靜坐或行「之」字跪叩禮拜，以打通任督二脈，使由六根外洩之元神元氣元精恢復，故明心見性，達本還源，三花聚頂五氣朝元，而離卦及坎卦中之陰陽爻對調，而離卦轉成乾卦，坎卦轉成坤卦，此乃所謂抽坎填離克己復禮的中和內聖之功。

大人得一三寶行證

大乃人得授明師一指點為大，而得道後用三寶心法，行深抽坎填離克己復禮的中和內聖功，而達本還源，明心見性，成道得證為聖賢仙佛。

同登蓮品拔九玄升

同乃是得道後內聖之功已圓，故大德敦化，風行草偃，感化週遭之親人、朋友、鄰居、同事，國人甚至外國人，都能來拜明師開智慧，然後學道、講道、辦道、行道，最後自己及自己所感化濟渡之道眾，都能同登佛國天堂，授封九品蓮台之仙佛菩薩果位，而且因一子得道九玄七祖都飛升佛國天堂，一家在無極理天相聚團員，同享永遠光明極樂之果位。

篇曰不言之言真經

篇乃講不可言說外洩之三寶五字真言及無字真經。

大學之道明德克明

大乃是大學之道，在使自己之至善明德本性，因自己時時皆行用，得道時所得之三寶，而能克除自己之六塵，使六根清淨而達到明心見性，永遠光明極樂之境界。

道大無形無名無情

道乃是清靜經所說的：「大道無形生育天地、大道無名長養萬物、大道無情運行日月」。

之字非虛跪拜叩誠

之字並非虛義或虛字，因人以至誠之心行跪拜禮時，身體就是「之」形，而之字上那點乃自己唯一不二、如如不動的一點真佛性。

行深三寶得一印證

行乃心經所云：「行深般若波羅密多時」，也就是得道後，二六時守玄中，隨時隨地皆行用三寶，用一佛乘之無上妙道使自己與諸天神聖心心相印，並證道成佛。

天受明命乃謂之性

天乃中庸所云：「天命之謂性」中，因我們自己之天性、佛性乃無極理天之無極　明明上帝所授命。

下流心身六根不清

下乃自己天性下流而生的心及身，皆因六根—眼耳鼻舌身意，被六塵—色聲香味觸法所污染而迷困，故成下流下品之小人。

為所欲為深染六塵

為乃自己六根墮落敗壞為所欲為，顛倒錯亂胡作非為，而被六塵所深深困染迷失本性，甚至成為喪心病狂，無惡不作之壞人。

公道合性心身妙平

公乃自己因修道而達道性心身合一，無上玄妙，且平心靜氣之「天下太平」之境界曰之為「公」。

選抽陽爻坎水之中

選乃是從自己下田精水之坎卦中，將它中間的陽爻選擇抽取出來。

賢乃己之元氣元精

賢乃是自己之元氣元精，因它們乃成聖成賢之元素，乃無上珍貴材料呀。

與離陽爻離布中陰

與乃將上述由坎水中所選抽之陽爻，交與離卦之中爻，並且將離卦之中爻（陰爻）布施交換出來。

能乃己之太極元神

能乃是自己身上玄關竅中的太極元神。因它乃是自己身上所有能量之總源頭，沒有太極元神那一口氣在自己身上，則肉體將成陰冷僵硬狀態。

講三寶抽坎填離明

講乃講道時，最重要的是，將如何應用三寶，來行抽坎填離之克己復禮內聖功夫說清楚講明白，方不失代天宣化之神聖使命與責任。

信者之字叩拜禮誠

信乃相信以上所述之最上乘、最大孝之三寶心法，乃至尊至貴的無上妙道的人，自然自願奉行用三寶心法，以至誠無念之心進行「之」字跪拜禮。此乃信者自信自願樂行自證！

修還順洩三元補身

修乃返還由六根順行外洩之元精元氣元神，來修補自身，使身心靈得以恢復。因為孝經云：「身體髮膚受之父母，不敢悔傷，孝之始也」。若三元外洩，沒有補正修復，那是孝子呢？

睦調陰陽天清地靜

睦乃和睦地行使抽坎填離，使自己之真水真火引俱全，陰陽調和歸正成天乾至清、地坤至靜。

故者己之古真佛性

故乃自己的盤古開天以來的真我佛性。

人乃真人藏己肉身

人乃自己的永生不滅的真人佛性，它是隱藏在自己不能永生不死的假人肉身之中。

不二法門允執厥中

不乃是釋迦佛祖所謂的不二法門，也就是儒家所謂的「允執厥中」。它是唯一不二的真理正宗。

獨陽不長孤陰不生

獨乃坎卦中爻的獨陽不長，及離卦的中爻孤陰不生，因未授天命明師一陽指而得道的人，不知如何使用求道時，所得之三寶，以進行抽坎填離，而使離卦得陽爻而長正成乾卦，並使坎卦之中爻，因得來自離卦的陰爻，再轉回成坤卦。

親填陽爻離返乾清

親乃將坎卦中的陽爻親新抽出，並將此陽爻填入上田離卦之中爻，使離火卦返回成乾清卦。

其中陰爻送坎水中

其乃上田玄關離卦的中爻（陰爻），它將被抽送至下田坎水卦的中爻。

親之真火引俱天清

親乃親自躬行「之」字跪叩禮拜，使純陽真火導引俱全而天乾清真。

不二誠篤真經合同

不乃不時地至誠篤行三寶—玄關不二法門、五字真經、及手抱蓮藕合同。

獨守六根不染六塵

獨乃慎獨守玄一，而使自己之六根不被六塵污染困住。

子抽陽爻陰爻補盈

子乃了一之修道子，已將下田坎水卦中之陽爻抽出，同時將陰爻（來自上田離火卦中）填入補滿，而轉成三個陰爻滿盈之地寧坤卦。

其之陽爻布離火中

其乃下田命門坎卦的陽爻，布施給上田離火卦的中爻。

子之真水引全地靜

子乃下田命門因上述抽坎填離內聖之功已成，故真水導引完全，坎卦轉成坤卦，而坤乃地得一以寧靜。

老而不死自性元神

老乃老而不死謂之壽的玄關內的自性佛—元神，因它是永生不死不滅、不增不減、不垢不淨。

有道守玄至靜不動

有乃已得道的人有欲時，用得道時所得的至高無上的三寶來守玄。常常且多次練習守玄，以達到心性至靜如如不動，自身的六根，不再被身外妄念妄相之六塵所迷惑困住。此乃道德經所云：「有欲觀其竅，無欲觀其妙」

所有三心四相掃空

所乃所有的三心—過去心、現在心、未來心，及四相—我相、人相、眾生相、壽者相皆掃除清空。此乃金剛經所云：「掃三心飛四相」。

終登九品佛仙修證

終乃如人人都能篤行上述抽坎填離之內聖之功，最終人人皆能成聖成佛，而登上最崇高的九品蓮臺，因修道而得證成仙佛。

壯大浩然元氣剛正

壯乃壯大培養自己之浩然正氣，使自己的元神、元氣、元精得以如金剛不壞、永正不傾。此乃孟子所云：「吾善養吾浩然之氣」。

有默真經無念心誠

有乃有欲、有妄念時，可默守得道時，所得的無字真經—玄關、或默念口訣，使自己妄念得以空無放下，而心則能至誠如神。

所有煩惱人心除淨

所乃所有煩惱及自私之人心，都能清除淨空。此乃釋迦佛祖在金剛經所云：「凡所有相皆是虛妄，能見諸相非相，即見如來」，又云：「煩惱即菩提」。

用之叩首禮拜心正

用乃多用「之」字叩首跪拜頂禮佛聖，使自心能守正而止於一，不妄動。

幼愚不守六根元精

幼乃幼稚愚笨，智慧產生不出來的人，此乃因他們未得道，或已得道卻不知用三寶，克守六根及自己元精。

有抱子亥大妙合同

有乃有道的人，常常雙手握拳抱住得道時，所得的最大最神妙的子亥合同。此乃論語所云：「顏回聞一善，而拳拳服膺」。故顏回聞一知十，而子貢舉一卻不能反三，因此大生意人子貢自嘆不如復聖顏回。

所有五蘊六塵淨空

所乃所有自身所污染的五蘊—色受想形識，及六塵—色聲香味觸法都能除淨清空，此乃心經所云：「五蘊皆空」，及「無眼耳鼻舌身意、無色聲香味觸法」。

長生極樂不滅不生

長乃成長修行境界已達功德圓滿，而晉升到永生不死的極樂世界，故可永久超越生老病死之苦厄輪迴。

鰥者妻亡坎中滿盈

鰥乃妻已死亡的人，此乃暗喻未得道，因而不知如何行抽坎填離內功的人，其下田命門的坎卦的中爻不是陰爻，卻是滿盈不斷的陽爻，故元精不斷洩，故真水不足，無法由坎卦轉坤（妻女）。所以說是妻死的鰥夫。

寡者夫死離中斷頸

寡乃丈夫已先死亡的寡婦。同上，因若未行抽坎填離內功，則其上田玄關的離卦的中爻不是陽爻，卻是二斷如頸子斷的離卦，因其元神未復，故真火不足，無法由離卦轉乾卦（男夫）。所以說是夫死的寡婦。

孤者無親陰不養生

孤乃孤陰不生，意乃孤單無父母親等的孤兒，此乃暗喻上田離卦中的陰爻，它孤陰不能有生養，故孤單無依無靠，以致害自己不斷地流浪生死於六道輪迴，無法得道，受佛庇佑，而超生了死，與累劫累世親朋好友，無法圓滿彼此的緣份，故無法在無極理天團圓而享永久光明極樂，此乃因無父母或祖先成道而蒙受祖德庇佑而可以求道修道，故全家無法，因一子得道，九玄七祖皆飛升佛國相聚，而孤單不已。

獨者無嗣陽不長正

獨乃獨陽不長，意乃因無子嗣，獨自無依無靠地生活的年長父母，此乃比喻下田坎卦中的陽爻，它獨陽不能有長養，故獨居無依無靠。此乃因自己未得道修道，又無子嗣可以得道修道而受佛庇佑，故不能逃脫生老病死的輪迴，在地獄中受無真火，陰冷之苦厄，真是有苦無地方說。

廢者官殘不全胡行

廢乃自己之五官六根殘廢不全，此乃因自己不能六根清淨，招惹六塵，胡亂進行吃喝嫖賭吸、殺盜淫妄酒之結果。

疾者體病不盈無用

疾乃自己身體多疾病，無法行功立德，行濟世之大用，此乃未行抽坎離之內聖之功，故離坎皆不能得陽爻及陰爻而盈全，故業障未除盡，因此身體疾病不斷。此乃金剛經所云：「須菩提！善男子、善女人，受持讀誦此經，若為人輕賤？是人先世罪業，應墮惡道。以今世人輕賤故，先世罪業，則為消滅，當得阿耨多羅三藐三菩提」。

者乃中土得一光明

者乃土十／十日，意乃人之中央戊己土，得授明師一指點，而使自己的明德佛性因修道，而如太陽光明，永遠照耀於世的大德之人。

皆全三花五氣圓頂

皆乃自己及所渡之人，皆能因行抽坎填離內聖之功，而全部都能三花（元精、元氣、元神），及五臟之原氣（肝心脾肺腎乃木火土金水）朝玄關天頂而圓通無礙。

有抽有填天清地寧

有乃行抽坎填離內聖之功時，有抽坎卦中的陽爻，以填離卦中爻，再將離卦內的陰爻，送至坎卦的中爻，使得乾坤各歸正位，而天得一以清，地得一以寧，此乃道德經所云。

所在玄元明心見性

所乃玄關無縫所所在的元神，因行此內聖之功而明心見性。

養滋六根六塵清淨

養乃滋養浩然正氣使自己六根所沾染之六塵乾淨清空。

男本乾道元神天清

男乃上田玄關內之自性佛，原本就是乾卦至道，有如清天的元神。

有生六根乾轉離明

有乃因初生之時，六根有妄欲而妄動，故上田玄關乾卦轉為離火卦。

分填陽爻離化乾正

分乃人得道盡行守己之本分，故深行抽坎填離內聖之功，而將陽爻填入離卦的中爻，使離卦轉成乾卦而得正。

女乃坤德元精地靜

女乃下田命門內之元精，原本是坤卦貞德，而如地之厚德至靜。

有染六塵坤轉坎陰

有乃因初生後，六根沾染六塵，故下田命門坤卦轉成坎卦，而在六道輪迴及陰曹地府，受生老病死之苦厄不堪，卻不能超脫之五蘊陰苦。

歸取陰爻坎轉坤寧

歸乃人得道後，明白修道可以于歸佛國，故行深抽坎填離內聖之功，而取得上田離卦布施出來的陰爻，故使下田命門坎卦，轉成地得一爻以寧的坤卦。

貨真元氣大用元精

貨乃貨真價實元氣及可大用的元精。

惡染習稟不除可憎

惡乃惡毒妄念，以致自己沾染怒恨怨惱煩的習性，及吃喝嫖賭吸及殺盜淫妄酒的稟性，如不清除，實乃面目可憎。

其身六根深染六塵

其乃自身之中的六根深染六塵。

棄默真經不用合同

棄乃得道後，拋棄三寶，不用玄關內的無字真經—至尊至聖、至清至淨的自性佛，也不用口訣，更不知常用手抱合同，以致造成上述六根不淨的自身。

於五濁世六道輪更

於乃於是陷害自身在五濁六道輪迴更替不已。

地獄不離病老死生

地乃在地獄輪迴，無法超離生老病死。

也是悲哀可惜今生

也乃也是真的很悲哀，可惜了今生若能修道，就能超脫生老病死輪迴的大好機會。

不用浪費不可不用

不乃得道後所得的至高無上的三寶不可不用，因不常常篤行深用，真是後悔莫及的浪費。

必然之道不可不行

必乃得道修道乃必然之道，尤其得道時所得的三寶不可不篤行深用呀！

藏之己身困於七情

藏乃原本就藏在自身之中的自性三寶，雖在得道時，天命明師或得授天命替代明師之傳道師，在我們得授明師指授玄關時，就已經分別傳授。但自己得道後卻拋棄三寶，不修不用，害自己困於七情六慾之中，而不能自拔。

於世出世洗心身正

於乃生存於世間，得道後，能清淨六根，去除六塵，深明富貴王位如浮雲、名利情愛如枷鎖，生不帶來，死不帶去，世間中凡所有相，皆是虛妄，故在世而抱出世之心態，在家出家，在五濁世之紅塵中，修己並渡眾生得大道，洗心滌慮克己正身。

己勤格物致知謙恭

己乃自己隨時勤勞躬行，如大學所云：「格物致知」之內聖，及抽坎填離真修之功，使自己格除私欲私念，深明萬事萬物皆妄相，故都可放下，不沾染己心己身，而以致良知良能，也就是無所不知之大智大慧的光明自性佛，得以顯現。但明心見性後更是誠意正心修身，而誠於衷而形於外，待人處事時，將大家都當成未來佛般地謙虛恭敬。

力達無上元神大明

力乃力盡所有之能力，以使自己修身而達到，自己之無上元神能夠，如佛聖永久偉大光明。

惡纏習稟恨之不空

惡乃惡心私念纏繞自身，以致習性及稟性滿身，只恨自己業障深重，不知力行內聖外王之功，以建立無邊無量之功德，而使自己之習性及稟性等業障清空。

其中離火填陽抽陰

其乃上田玄關之中的離火卦，填入來自坎卦的陽爻，而將其中爻之陰爻，抽送至坎卦之中爻。

不正乾坤何能清靜

不乃不將離坎兩卦轉正為乾坤兩卦，怎能使上田玄關中的元神，如天乾清澈呢？而下田命門內的元精，如地坤一般的寧靜無洩漏呢？

出離陰爻填陽爻定

出乃將離卦中之陰爻抽出，而將來自坎卦的陽爻填入，而使離卦轉乾卦，方能禪定。而天行健，自強不息。

於坎中爻更陰爻竟

於乃於坎卦的中爻，更替帶入陰爻而使抽坎填離內聖之功完竟。

身圓乾坤各歸位正

身乃自身圓通無礙，此乃因自身的天乾地坤已各歸其正位。

也聞一善拳拳服膺

也乃這也是復聖顏回，聞一善而拳拳服膺的內聖功夫，意乃顏回聽聞一佛乘之上善大道後，學而時習之，隨時隨地抱道奉行三寶，一手一拳，皆力行且順服三寶修行，並肩膺渡眾勸世之外王功夫。

不顛倒顛方成佛聖

不乃坎離二卦不再顛不再倒顛，轉為天乾地坤二卦，才能夠成佛成聖。此乃心經所云：「菩提薩埵，依般若波羅密多，故心無罣礙，無罣礙，故無有恐怖，遠離顛倒夢想，究竟涅槃。」

必實心學修講辦行

必乃人人必須實心懺悔及修煉，而學道、修道、講道、辦道及行道，以行正己化大千之濟世救人大任。

為而無為證最上乘

為乃真心真為，學而時習之，不斷地行使三寶，並且多多實習三寶心法，直至六根無所胡亂作為沾染六塵，而證得最上最崇高的一佛乘。

己空身心空法空性

己乃己身行空身、空心、空法、空性。亦就是放空身心、放空所學所參之各種佛法、道法，如此方能使自性佛放空而得大自在大解脫。

是四句偈真金剛經

是乃以上空身空心空法空性是唯一才是，其他都不是的金剛經所云的真四句偈

故人如來現古城中

故乃文質彬彬清純無私的靈性，它本是從盤古開天以來的，自性古佛如來，它就在自身舍衛大城的玄關正門中，因修道而得以明心見性而顯現出來。

謀乃我見空想幻夢

謀乃自身所想所使的陰謀，都是私我之見的頑空、妄想、如夢早晚會幻滅。

閉其六根四相皆空

閉乃修身以關閉自身的六根，不染六塵，使自己四相（我相、人相、眾生相、壽者相）皆清空。

而學時習之叩禮誠

而乃論語所云：「學而時習之，不亦說乎」。其文中的「之」字並非虛字，乃得道後用三寶行使「之」字雙腳跪地的叩首禮拜，最上乘內聖大法。

不亦悅乎不可不躬

不乃面對何人，皆能以歡喜感恩之心相待，即論語所云：「有朋自遠方來，不亦樂乎」。意乃求道修道後，知道眾生皆俱佛性、眾生畢竟成佛，故不論得道，未得道的人，無論來自遠近，來講堂或道場訪道，或自己日常生活應對接待的眾生，無論他們是何種人，對他們如對待未來佛，或將之當成自己累世之父母、妻兒、兄弟姊妹等親朋好友，不起善惡對待之心，無是無非、無有黑白對錯，自己皆是抱著：「對他們的所作所為，都負起百分之百的責任」，因經云：「民胞物與，四海之內皆兄弟」，及「一即一切，一切即一」，故眾生有錯有難有罪有病，皆是自己未力行大學所云：「格物、致知、誠意、正心、修身、齊家、治國、平天下」之真內聖外王功夫，以致眾生塗炭，未得救拯，因一人興邦，一言喪邦，故若見眾生有過有錯、有罪有病、有是有非、有黑有白，皆是自己潛意識存有累世累劫以來記憶訊息等未清乾淨所造成，故當下隨時隨地：「自問自己潛意識中，究竟有何記憶或訊息未消除，故造成或見到眾生的罪過錯、生病等恐懼顛倒。」故隨時隨地幫來訪道或求救治病、希望幫忙的人，都能當下自心中說出：「對不起，請您原諒我，謝謝您，我愛您」。直至自己潛意識中之三世記憶資訊都能清空，使眾生及自己皆得喜悅，因一己心性之病或記憶除淨，則眾生一切之罪過錯、是非黑白、病痛癌症皆癒，所有恐怖顛倒妄心胡行皆清空，大同世界方能因此實現，故皆大歡喜！

以上也可以用三寶心法或誦讀彌勒真經等，無相懺悔法進行之，只要能格物致知、真誠懺悔，則至誠如神無事不應！

興不起浪心波自平

興乃經以上至誠無相懺悔後，不論自己或所有近親遠朋，皆因修道而興不起顛倒錯亂而造成流浪生死，此乃因自己與近親遠朋之間彼此的業債已償還，故大家的心波皆風平浪靜，歸空後累世來之近親遠朋皆在無極理天有一洞天而闔家團聚，慶幸永生極樂光明世界。

盜己元神元氣元精

盜乃強盜漏洩自己的元神元精元精，只有自己能監守自盜，無人能偷盜。

竊入五蘊無德無功

竊乃偷偷竊入五蘊—色受想形識之中，以致內聖之功未成，無法行外王平等渡眾之福德，故不能度自己及眾生，一切流浪生老病老之苦厄，不能如六祖所云：「見性是功，平等是德」。故無功也無德。

亂己六根與身心性

亂乃因未修道行內聖外王之功，以致自己無功無德，妄心業障胡亂自己之六根，與自己之身心及靈性。

賊起妄想不精不敬

賊乃內賊四起，妄念妄想紛飛，故不能精進誠敬行六度波羅密。

而心守直佛道遂成

而乃自己玄關正門一穴能夠時時止守，直至人心守死，道心顯現，遂能夠成道成佛。

不敢造次法服嚴整

不乃不敢違法胡亂造次生非，佛規禮節、三寶正法皆能服從，而莊嚴束整。

作佛聖事正法唯從

作乃修道人學六祖一生無所他求，惟求作成佛成聖無與倫比之終生偉大志業。並且唯有從事至正無偽，至高無上之妙法。

故證大道如如不動

故乃因此之故，得證大道而見其如如不動，不被六根六塵所左右的自性如來佛。

外乃己之舍衛大城

外乃玄關正竅以外，六祖所謂：「自身是舍衛大城，外有五個門戶——眼耳鼻舌身，內有意門，乃自心」。

戶為己之六根七情

戶乃自己的六根門戶，七情六慾因此六根門戶而生。

不關自關方是禪定

不乃以上六根之六大外戶，能克己復禮曰仁，而使自己修到不必刻意去關住它，而遇妄心妄事之時，能自動關住，非禮毋視，非禮毋聽，非禮毋言，非禮毋動，這方才是禪定的真功夫。

閉而不閉實是中庸

閉乃時時閉守玄關一穴，但其內之自性佛卻是自由自在，一點都不被緊閉，這實在是中庸之殊聖神妙之處。

是唯如是餘皆非正

是乃如如不動的真如本性才是，而且唯一才是，其餘皆非真正的自性真佛。

謂之天降大道明燈

謂乃中庸所云：「天命之謂性」，此乃人人皆有的大道明燈，但它非天時已臨，上天絕不輕降的大道及明師，以指點人之玄關，傳三寶法，

使人人得以修道而開悟，因此三寶乃非天時緊急，絕不輕傳的樞密珍寶。

大人得一三寶行證

大乃人得授明師一指後，真修實煉的人，最終能皆可力行深篤得道時，所得的三寶心法而證道成聖作佛。

同登最乘拔九玄升

同乃芸芸眾生最終皆可因普羅大眾皆發心得道修道，真行三寶心法，真實無相懺悔，大家同心同德，誓將苦海中的所有眾生皆一同，使他們登上最上乘的九品蓮臺，大家都能成道而拔九玄七祖升回無極理天，永享光明與極樂。

肆、禮運大同篇傳燈學解全文（大字體）

禮之叩拜無念至誠，運行抽坎填離內聖，
大人得一三寶行證，同登蓮品拔九玄升，
篇曰不言之言真經。

大學之道明德克明，道大無形無名無情，
之字非虛跪拜叩誠，行深三寶得一印證，
天受明命乃謂之性，下流心身六根不清，
為所欲為深染六塵，公道合性心身妙平，

選抽陽爻坎水之中，賢乃己之元氣元精，
與離陽爻離布中陰，能乃己之太極元神，
講三寶抽坎填離明，信者之字叩拜禮誠，
修還順洩三元補身，睦調陰陽天清地靜，
故者己之古真佛性，人乃真人藏己肉身，
不二法門允執厥中，獨陽不長孤陰不生，
親填陽爻離返乾清，其中陰爻送坎水中，
親之真火引俱天清，不二誠篤真經合同，
獨守六根不染六塵，子抽陽爻陰爻補盈，

其之陽爻布離火中，子之真水引全地靜，
老而不死自性元神，有道守玄至靜不動，
所有三心四相掃空，終登九品佛仙修證，
壯大浩然元氣剛正，有默真經無念心誠，
所有煩惱人心除淨，用之叩首禮拜心正，
幼愚不守六根元精，有抱子亥大妙合同，
所有五蘊六塵淨空，長生極樂不滅不生，
鰥者妻亡坎中滿盈，寡者夫死離中斷頸，
孤者無親陰不養生，獨者無嗣陽不長正，

廢者官殘不全胡行，疾者體病不盈無用，
者乃中土得一光明，皆全三花五氣圓頂，
有抽有填天清地寧，所在玄元明心見性，
養滋六根六塵清淨，男本乾道元神天清，
有生六根乾轉離明，分填陽爻離化乾正，
女乃坤德元精地靜，有染六塵坤轉坎陰，
歸取陰爻坎轉坤寧，貨真元氣大用元精，
惡染習稟不除可憎，其身六根深染六塵，
棄默真經不用合同，於五濁世六道輪更，

地獄不離病老死生，也是悲哀可惜今生，
不用浪費不可不用，必然之道不可不行，
藏之己身困於七情，於世出世洗心身正，
己勤格物致知謙恭，力達無上元神大明，
惡纏習稟恨之不空，其中離火填陽抽陰，
不正乾坤何能清靜，出離陰爻填陽爻定，
於坎中爻更陰爻竟，身圓乾坤各歸位正，
也聞一善拳拳服膺，不顛倒顛方成佛聖，
必實心學修講辨行，為而無為證最上乘，

己空身心空法空性，是四句偈真金剛經，
故人如來現古城中，謀乃我見空想幻夢，
閉其六根四相皆空，而學時習之叩禮誠，
不亦悅乎不可不躬，興不起浪心波自平，
盜己元神元氣元精，竊入五蘊無德無功，
亂己六根與身心性，賊起妄想不精不敬，
而心守直佛道遂成，不敢造次法服嚴整，
作佛聖事正法唯從，故證大道如如不動，
外乃己之舍衛大城，戶為己之六根七情，

不關自關方是禪定，閉而不閉實是中庸，
是唯如是餘皆非正，謂之天降大道明燈，
大人得一三寶行證，同登最乘拔九玄升。

伍、道之宗旨學解白話解釋

道生天地萬物與人

道生天、生地、生日月星辰，生宇宙的萬物及生人。

之叩拜誠三寶行深

之字跪叩至誠禮拜，與三寶心法並用或三寶心法行使真人靜坐，如此不斷力行深篤。

宗法唯一不二天真

宗法唯精唯一、允執厥中、不二法門，並且有天命真傳之正宗大道。

旨勸人醒返三元貞

旨在奉勸醒覺眾人，能得道修道，常用三寶行法行抽坎填離內聖之功，使自己由六根外洩的元精、元氣、元精得以恢復，並且貞固不再外洩。

敬叩念淨六根無塵

敬心至誠叩拜，直至所有欲念都能淨空，六根—眼耳鼻舌身意，都能不染六塵—色聲香味觸法。

天一離正返乾復本

天得一以清，此乃上田玄關之離卦返正為乾卦，明本復出。

地一坎更回坤歸根

地得一以寧，此乃下田命門之坎卦更回坤卦，歸根認命。

禮之最乘如來申申

禮佛修道，能用至誠的心，並用三寶心法，來行使最上乘最虔誠的「之」字跪叩禮拜，最終自身如來佛性，將會申申如也地展現出來。

神妙佛性清淨法身

神明至妙自身如來佛性，乃自身原本清靜空淨的法身。

明心清靜天地合敦

明心見性的人，因能常清靜天地悉皆歸，故能合和大眾，大德敦化親朋好友，乃至齊家治國平天下。

愛泛眾生勸而親仁

愛慈之力，廣泛無邊，所有眾生都能被勸醒而得道，並且修身養性親近仁德之人，使大眾之心都能親近於仁慈。

國土守中敬王天君

國土內的民眾得道後，都能時守玄中，誠敬自己的靈官王天君，故都能守戒守法，成為優秀國民。

忠心直耿就是道遵

忠恕之心，正直義耿，就是只知遵行大道。

事奉皆聖終成佛真

事事皆是成聖成佛之志業，而且信奉實修，最終都成佛或仙真。

敦中和功奉行五倫

敦品力學於最上乘，且至中至和的內聖外王之濟世之功，平常都能奉行五倫—父慈子孝、兄友弟恭、夫義婦順、朋友有信、君臣有義。

品化三清五氣朝晉

品德無疵，可化三元—元神元氣元精為三清，並化肝心脾肺腎等五臟之氣（木火土金水），為清純無毒之氣，故能三花俱頂五氣朝元。

崇高德性普眾渡盡

崇高德性，普羅眾生都可受其渡化，並使他們都能盡善盡美。

禮尚往來上下和均

禮尚往來，長上幼下皆能一團和氣，均衡發展。

孝最上拔九玄聖真

孝道能盡至最上孝，也就是一子修道成聖成佛，則可超拔九玄七祖，也飛升無極理天，成佛聖或成仙真。

父乾天經初衷元神

父本天經乾清，在己身則為初生時之最原始之元神。

母本元精地義貞坤

母本地義坤貞，在己身則為最原本之元精。

重並凡聖以道為尊

重聖輕凡，或聖凡同時並進，但都是以道為最尊最貴，故能常常抱道奉行。

師聖濟公普渡天津

師法聖賢，或拜濟公活佛為師，學他們普渡三曹——天曹、地曹、人曹，將所渡化之對像，都能成全他們，越過無極理天的津岸。

尊無上乘金剛守僅

尊奉無上最高乘的真理妙道，尤其要僅守自己的如來金剛不壞之佛性，不要使之再迷。

信大孝行感天地神

信仰篤行，孝經所說的「大大孝」，來感恩報恩天地生育養育之情義，並感恩聖神仙佛的庇佑及打幫助道。

朋送往迎心悅誠真

朋友親戚鄰居的送往迎來，不論富貴貧窮、病怨仇疏，都能無對待心或分別心、藐視心，以真誠喜悅之心來招待及成全。

友直十明又展道伸

友直友諒友多聞，多與道親朋友來往，並多方結交十方善信，皆能使之信奉光明大道，故將大道一次又一次地鴻展張伸出去，甚至發展到國外。

和陰陽正天乾地坤

和諧地抽坎填離，使坎離二卦各得其陰爻及陽爻，而轉化成坤乾二卦，此乃撥亂反正，使天乾地坤各歸其正位。

鄉還元中復命歸根

鄉巢故里得以回還定居，元精元氣元神皆能三花聚在玄中頂門內。此乃所謂的復命歸根。

鄰近本源六根淨謹

鄰近元本根源，而能時時守中，如此自身的六根就能清淨謹守，不被六塵所染著。

改正心性並克己身

改正自己的性心身，並且能克己復禮。

惡貫滿盈深染六塵

惡罪過錯滿貫滋盈，以致六根深被六塵所迷染。

向求一經清淨六根

向上奮發，以求得一佛乘之真經，並誠修所得之三寶心法，以使六根清淨。

善守中庸速傳妙音

善盡職責，篤守中庸性理心法，開悟後，儘速傳此殊妙福音。

講上妙聖渡盡乾坤

講最上最玄妙的聖人心法，渡盡自己週遭之乾坤眾生。

明心見性普羅歸根

明本復出，見己之自身佛心及佛性，並使普羅大眾都得道而歸根返回無極理天。

五官端正親疏皆親

五官端正，一身道氣，感化親朋疏友，都能親近大道，學修講辦行！

倫戒七情六慾無蔭

倫理操守佛規戒律，信受奉行，故七情六慾在自身無所蔭藏。

八正道行心佛相印

八正道誠篤實行，故與諸佛心心相印。

德功福鴻足擔佛任

德性功果福報鴻大，足以荷擔如來等仙佛所委託之渡眾大任。

闡揚諸經醒眾親仁

闡述廣揚各種經典，以勸醒眾生親近仁德之人，並使自心行克己復禮之功而返回仁心。

發心渡眾行孝道勤

發出慈悲心，渡化眾生，力行大大孝之孝道，勤守玄一內聖之功，及廣渡群眾之外王功夫。

五聖道宗殊途同迸

五教之至聖道理或宗旨相同，但殊途而同歸迸進。

教守清靜空金忘銀

教導眾生守一清真定靜，抱道奉行，空心忘卻金銀財寶，因為它們乃生不帶來，死不帶去。

聖凡皆聖報答天恩

聖凡並進，且借凡養聖，並在紅塵凡間多多渡眾，以報答天恩師德。

人皆同聖龍華賞欽

人人皆能因修道一同成聖成佛，在龍華會上獲得獎賞及欽佩。

之道躬行明德新民

之字跪叩禮拜，及性理大道三寶心法，躬身實行，以光明自己的明德本性，且渡化新民。

奧義研明方證仙真

奧妙經義研析，且明心見性，方能夠得證成仙真。

旨降天命道濟普群

旨意為天時已緊急，故上天降道及降天命明師，以大道來濟渡普羅群眾。

恪懺虛心恐懼戒慎

恪守佛規天律，虛心懺悔，戒守謹慎，驚恐懼怕違犯佛規及愿立，故戰戰兢兢。

遵經守誠抱道前進

遵行經義，精誠篤守，抱道奉行，前進開荒，廣渡大眾。

四維誠篤聖德潔純

四維—禮義廉恥至誠篤實，使自己潔淨自性返回純白無染之聖德。

維持道興心法永動

維持大道之興盛鴻展，使三寶心法能永遠光動。

綱君臣忠父慈夫循

綱常倫理中的三綱是君為臣綱，父慈子孝，夫義婦循。

常不滅生自在永存

常理為常生不死之自性佛，是不生不滅、不垢不淨、不增不減，而且也是永遠生存在極樂的自在菩薩。

之叩誠奉見性達本

之字跪叩禮拜奉行，則能至誠如神，明心見性，達本返源。

古今佛性不死谷神

古往今來，不死不生的自性如來佛性，就是自身玄關內的不死谷神。

禮之殊勝證同堯舜

禮法殊勝，尤其得道後，行「之」字跪叩禮拜，如能達空心無念至誠如神，則能得證成聖成佛，如同堯舜所證之成就。

洗坎離雄乾坤正順

洗抽下田命門坎卦之陽爻，將之填入上田玄關離卦中爻，使離卦轉成大雄乾卦，並將離卦中之陰爻，送至坎卦中爻，使坎卦轉成坤卦，因而乾坤各歸順正位。

心空一清六根永馴

心念掃空，自身唯一之自性佛則能清靜，六根就能永久馴伏。

滌三心澄五蘊無沉

滌除三心—過去心、現在心、未來心，並澄清五蘊—色受想形識，使五蘊無所沉藏。

慮無心清七情無滲

慮念空無，自心清靜，使七情無所滲透發作。

借真經悟無生法忍

借無字真經，澈悟釋迦佛祖所說的無生法忍。

假相證空無染六塵

假幻的人生所有相，都能證悟放空，六根皆無著染六塵。

修至上乘清淨法身

修身養性，達至最上乘，法身清淨無染。

真行真證無上孝親

真誠行道，則能真正證得無上佛道，而成聖成佛，因而一子成道，九玄七祖皆飛升佛國，此乃最大孝的孝親呀！

恢張而嬰聖道常聞

恢弘張展玄關一穴中的元嬰，使赤子之心常現，才能常聞聖道。

復還元精元氣元神

復初還原，自身的元精元氣元神。

本立道生人盡其才

本源立定，道自然生化，使人人都能盡其才能。

性如不動無量德財

性根如如不動，不被六根六塵著染，就是無量無邊的功德福財。

之而時習無有歇頓

之字跪叩禮拜、及學道而時常實習，無有放任自己，而稍有休歇停頓。

自我相空光明里仁

自己的私我相能淨空時，就能光明自性，並使里仁為美。

然如妙空無果無因

然態如能達到玄妙佛性，空空如也，則自身累劫累世之因果了結無存。

啟始良能格物知沁

啟發原始的至善元能，並能沁潤自心，而能格物致知。

發一內聖毫無疑問

發展一佛乘的內聖外王之內外功，這是信道的人，心中絕無絲毫的疑問。

良精益精至善至文

良能精益求精，終究可達至善至文純。

知致寂靜無不知聞

知本達致空寂清靜，則能如清淨經所云：「人能常清靜，天地悉皆歸」。故無所不澈知聞達。

良心抱守何有怨瞋

良心篤誠，抱守最上乘佛道，如何還有怨恨瞋怒呢？

能所皆空無不容忍

能學能修能有的，及所學所修所有的，皆能放空，則心量廣大，無量無邊，無有什麼不能容忍的境界。

之至念淨無假無真

之字跪拜禮拜至誠，則所有念慾淨空，為人處事，都無對待之心，故無論他人是否真心或假心相待。都能將眾生當成未來佛，故誠敬喜悅之心接待，不敢有絲毫怠慢之心，因釋迦佛祖說：「眾生皆俱佛性，眾生畢竟成佛」。

至上無諍無善惡心

至高無上的佛道，是無言語相諍，更無善惡分別之心。

善貴無爭方是上品

善行首貴無爭無得失之心，方才是最高尚的品行。

己克篤恭復禮曰仁

己身的六根克除六塵，篤行佛道，恭敬待人處世，使自己能修到如孔夫子所云：「克己復禮曰仁」的境界。

立健身心撥正陽陰

立於永世不死不敗的佛聖殊功殊果，此乃學習天行健自強不息，使身心能撥陰轉陽的結果。

立身行道名標萬春

立身幫助他人得道行道，使人人都能名標天榜，永垂於世萬萬春。

人無等等享無上恩

人的佛性皆同，無有富貴貧窮、智愚駑劣等等之分，最後都能因學道、修道、講道、行道、辨道，而能成聖成佛，故能永享 造物主無上的恩典。

己正化人佛聖永臻

己身能正己化人，則永臻無上佛聖。

達至無生極樂源根

達證至無生無滅之永久極樂根源。

達彼道成永離火坑

達助彼眾，都能成道，而永遠脫離，如在火坑般的六道生老病死輪迴。

人人得證大明大神

人人因行最大孝，而得證成偉大光明的最偉大神仙佛聖。

挽渡三曹人鬼無分

挽救濟渡三曹，不分彼論此，人、鬼或氣天仙都盡心盡力超渡。

世世傳燈渡眾永芬

世上所有世人，一世接著一世，都能得道行道，而傳大道明燈，渡化眾生，人人都能成道而永久芬芳萬世。

界境皆空實證金身

界態及各種境域的普眾，都能空身空心空性空法，真實得證為佛聖金剛不壞之身。

為無為行女歸男份

為造聖境，修內聖外王之道，因此，己身所有行道作為皆率性，無人為造作之心，故外王及內聖抽坎填離之功遂成，所以上田玄關離卦陰爻，于歸下田命內坎卦中爻，而抽出其陽爻填入離卦中爻，因而離火坎水二卦，轉成天乾地坤原本初生之本份原始態。

清心慾淨寂至無痕

清空心念私慾淨除，自性佛湛然常寂，達至無聲無臭無痕跡之聖佛境界。

平陰陽正天乾地坤

平衡坎離二卦的陰爻及陽爻，使坎水離火二卦，轉正為天乾地坤二卦。

化無所化無有相塵

化渡所有相及所有眾生，達到無有剩餘可再渡化，及無所剩餘可再渡化，如此才是真正無相無塵的清淨法身。

人若實修方是不笨

人若是能實信修道，方才是不愚笨的人。

心一修聖善惡不論

心能守一修佛聖妙道，心量如天，無有對待之二心，故不妄論人之是非善惡。

為一佛乘厥中執允

為修身達到一佛乘境界，所言所行皆符合大中至正的佛聖妙道。

善舉篤誠天撥果因

善行舉道篤實至誠，上天自然撥轉因因果果，業障消抵，故能躲劫避難，甚至成仙作佛。

良心不泯必受天恩

良心不泯滅，助人行善，必然蒙受天恩所寵。

冀盼眾生皆成聖俊

冀望希盼眾生，皆能成為俊聖。

世無生老病死更輪

世上所有眾生都能因修道，而不再受生老病死更替輪迴之苦。

界曹皆聖極樂永貞

界域三曹等普眾皆成佛聖，永遠貞固於極樂世界。

為最孝道位登九品

為道最樂，故一心只想成就眾人，都能達到最孝道境界，所以自己一生所有作為，都是使人人皆能登峰造極，而享九品蓮臺之崇高果位。

大小皆證金剛法身

大小毫無分別，皆能因實修而實證自性金剛法身——自性如來佛性。

同登聖域天堂現今

同登佛聖境域，更使佛國天堂及大同世界呈現於當今之世。

陸、道之宗旨學解全文（大字體）

道生天地萬物與人，之叩拜誠三寶行深，

宗法唯一不二天真，旨勸人醒返三元貞。

敬叩念淨六根無塵，天一離正返乾復本，

地一坎更回坤歸根，禮之最乘如來申申，

神妙佛性清淨法身，明心清靜天地合敦，

愛泛眾生勸而親仁，國土守中敬王天君，

忠心直耿就是道遵，事奉皆聖終成佛真，

敦中和功奉行五倫，品化三清五氣朝晉，
崇高德性普眾渡盡，禮尚往來上下和均，
孝最上拔九玄聖真，父乾天經初衷元神，
母本元精地義貞坤，重並凡聖以道為尊，
師聖濟公普渡天津，尊無上乘金剛守僅，
信大孝行感天地神，朋送往迎心悅誠真，
友直十明又展道伸，和陰陽正天乾地坤，
鄉還元中復命歸根，鄰近本源六根淨謹，
改正心性並克己身，惡貫滿盈深染六塵，

向求一經清淨六根，善守中庸速傳妙音，
講上妙聖渡盡乾坤，明心見性普羅歸根，
五官端正親疏皆親，倫戒七情六慾無蔭，
八正道行心佛相印，德功福鴻足擔佛任，
闡揚諸經醒眾親仁，發心渡眾行孝道勤，
五聖道宗殊途同迸，教守清靜空金忘銀，
聖凡皆聖報答天恩，人皆同聖龍華賞欽，
之道躬行明德新民，奧義研明方證仙真，
旨降天命道濟普群，恪懺虛心恐懼戒慎，

遵經守誠抱道前進，四維誠篤聖德潔純，
維持道興心法永動，綱君臣忠父慈夫循，
常不滅生自在永存，之叩誠奉見性達本，
古今佛性不死谷神，禮之殊勝證同堯舜，
洗坎離雄乾坤正順，心空一清六根永馴，
滌三心澄五蘊無沉，慮無心清七情無滲，
借真經悟無生法忍，假相證空無染六塵，
修至上乘清淨法身，真行真證無上孝親，
恢張而嬰聖道常聞，復還元精元氣元神，

本立道生人盡其才，性如不動無量德財，
之而時習無有歇頓，自我相空光明里仁，
然如妙空無果無因，啟始良能格物知沁，
發一內聖毫無疑問，良精益精至善至文，
知致寂靜無不知聞，良心抱守何有怨瞋，
能所皆空無不容忍，之至念淨無假無真，
至上無諍無善惡心，善貴無爭方是上品，
己克篤恭復禮曰仁，立健身心撥正陽陰，
立身行道名標萬春，人無等等享無上恩，

己正化人佛聖永臻，達至無生極樂源根，
達彼道成永離火坑，人人得證大明大神，
挽渡三曹人鬼無分，世世傳燈渡眾永芬，
界境皆空實證金身，為無為行女歸男份，
清心慾淨寂至無痕，平陰陽正天乾地坤，
化無所化無有相塵，人若實修方是不笨，
心一修聖善惡不論，為一佛乘厥中執允，
良心不泯必受天恩，善舉篤誠天撥果因，
冀盼眾生皆成聖俊，世無生老病死更輪，

界曹皆聖極樂永貞，為最孝道位登九品，
大小皆證金剛法身，同登聖域天堂現今。

柒、孝經開宗明義章白話解釋

甲、開宗明義的白話解釋

一、開宗者揭諦也，即得明師或祖師授記，打「開」玄「宗」—玄關妙諦（心經云：揭諦揭諦），以「明」明德（大學云：大學之道在明明德）之禮門「義」路，即以光明人原有明德天性（中庸云：天命之謂性）的正確禮門義路

二、「開」就是揭開，打開，點開。

三、「宗」就是玄宗、佛宗、聖宗、道宗之宗門亦即人之靈性源頭之宗門—玄關，也就是每人玄關內有至妙至玄的天性、佛性、至聖靈性、大道無形無名無情之性。而玄關乃人之靈性、佛性進出之正門。因

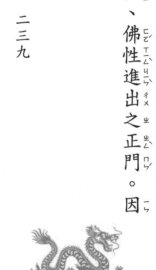

人云：眼睛是靈魂之窗，故可推理得知，人的靈魂也一定有正門——玄關宗門，它就是每人之靈魂進出的正門——玄關竅。

四、「明」就是明明德，光明人之明德本性（靈性，佛性）。

五、「義」就是禮門義路，就是正確修身修心以養性之正門正路。

乙、本文白話解釋：

一、仲尼居，曾子侍。

孔子名仲尼平常家居生活時，學生曾子隨侍陪伴在旁側。

1、仲，人之中，即人之中庸，而中乃人之中央戊己土，也就是人之靈性（天命之謂性）進出的玄關正門。

2、尼，止也，乃定止，止守的意思。

3、居，尸及古合成居字，尸乃人的屍體、身體、肉體；古乃最原古之古佛、古人。釋迦佛祖悟道那一刻說：「奇哉、奇哉，眾生皆俱佛性，眾生畢竟成佛」。更說我們每人都是原佛子，原佛子乃古佛之意也。故居字之意暗指每人之身體（屍體、肉體內），住著一個最原古之古佛，古人，古靈性。

仲尼居乃暗喻每個人當止守、定止於每人身體的中央戊己土的古佛、古人、古靈性，也就是止守每人之靈性進出的玄關正門內之古佛、古人、原古靈性。

4、子，了一之意，乃此人得明師或祖師授記時，受天命明師一指點，以點開每人唯一不二之玄關竅後，明白眾生皆俱佛性或至善靈性、眾生畢竟成佛成聖，故立身行道，每日時時刻刻力行三不朽—立言、立功、立德，也就是存好心（佛心）、說好話（誦經、講經說法）、做好人（行善做佛事），渡化眾生，直至功圓果滿，了清業障，而修成聖賢仙真佛菩薩（了一）。

5、侍，每人都有方寸之中央戊己土（中土、淨土、佛土、性田），其內住有古佛性、古真人、古靈性、古玄道之性。人活著時，它時時刻刻隨侍在肉體內。故孔子說：「道也者，不可須臾離也，可離非道也」。也就是你的古道靈性不可頃刻離開我們的身體，如果可以離，那就違背了真道，又因為大學云「天命之謂性」，故違背道就是忤逆天、而順天者昌、逆天則亡、故人的靈性離開身體頃刻間，人的身體就死亡了。

二、子曰：「先王有至德要道，以順天下，民用合睦，上下無怨，汝知之乎？」

1、先王，乃古先天聖佛，即領有天命之先天性王。此乃每人都有的天命之謂性的佛性、靈性。它就是我們每人的先天（無極理天）聖靈之王。

2、至德要道就是抽坎填離功已圓，真水真水引俱全，天清地寧心無住，本不來去無生禪。又如金剛經所云：「三世諸佛皆從此經出，一切佛法皆從此經出」，及心經所云：「諸菩薩摩訶薩，依般若波羅密多，心無罣礙，無有恐怖，遠離顛倒夢想，究竟涅槃。三世諸佛依般若波羅密，得阿耨多羅三藐三菩提」。又觀自在菩薩親著心經傳燈解說：「般，還也。若，順也。般若者，返還順行直洩之元精元氣元神也，在儒曰克己復禮。在道曰七返九還。」

3、以順天下：順，平順。天下，意思為每個人皆有的性、心、身。而天下的天字乃天命之謂性的性天之王，而天下乃人之心（六根中的意根）與身（包含眼根、耳根、鼻根、舌根、身根）故整句意為用以平順自己的靈性及心身等六根，始之合於道。

4、民用和睦：民乃指人之心（意根），眼耳鼻舌身五根，在日常生活使用時，皆能依性王之天理良心而行，故己之性、心、身得以平和敦睦相處，對外與他人相交互動時也能和睦相處。

5、上下無怨：此上乃指人之性王，剛出生時為性天乾卦，後因後天六根起用，先天性王乾卦之中爻（陽爻）迷失，而被轉至後天精門坤卦之中爻（陰爻）並取而代之，坤卦變成坎卦，而後天不論男女之精門皆為坤卦之中爻（陰爻）轉移至先天性王之乾卦之中爻，故乾卦變成離卦。這時是上下交爭怨。

這也是如三字經所說：「人之初，性本善，性相近，習相遠，苟不教，性乃遷，教之道，貴以專」，意即嬰兒剛出生時自身原本的性王，乃天性本良善，但因一日日長大，則自身六根起用，愈使用離性道及良善本性愈遠，習性及稟性愈來愈大，沉淪以致迷失於六塵（色聲香味觸法）之中，最後年歲愈長，六根愈沉迷六塵，而整日過著吃喝嫖賭吸或殺盜淫妄酒的生活。此時最好的教導之道，也就是教他拜明師開智慧，然後行如「之字叩首禮拜法」。即誠心清淨，一念不起，靈台無物而行叩首禮拜，三寶齊用而得以抽坎填離，真水真火引俱全。如此則原本由六根順行遺失之元精元氣元神皆返還，天乾地坤各歸正位，因而佛歸本位，先天妙智大開，其心性如如不動，大德敦化，風行草偃，普眾皆被感動度化，民心自然傾向恭敬感恩於此功德圓滿之人。故上下無怨這句中的「上」字的意思，乃先天性王由離卦返回成乾卦而得以清淨。

而「下」字的意思，乃後天精門由坎卦返回坤卦而得以寧靜，故上下皆各歸正位而得以佛歸本位，如如不動穩坐九品紫金蓮台，此時上下皆無怨。

6、汝知之乎：你詳確知道此「之字叩首禮法」之真諦嗎？

三、曾子避席曰：

曾子迅速離開坐席之位說：

四、「參不敏，何足以知之？」

參音身，曾子之名參，參字有參悟之意也。

敏者，靈敏也；敏於道即能參透並大澈大悟於道，契入於道而能感應（感知感行於道）。全句意為「曾參我不能靈敏並參悟契入於佛道，如何俱足妙智慧，以真知「之字叩首禮拜法」，及成就最大大孝的天機奧密呢？

五、子曰：「夫孝，德之本也，教之所由生也。復坐，吾語汝。」

1、夫，乃人得一成大人（聖佛仙），大人再得一之天命成夫，夫者齊天而代天行使天之聖命（維皇降衷）之意，其意思為此聖人與他聖人不同，他有宇宙造物主—明明上帝萬靈主宰復加於他的天命，故其為有天命之明師，可代天點化授記眾生，使眾生得道。而夫乃天命明師修道，行道有大德，故渡化無數眾生，眾生感激故尊稱為夫子。

2、孝字乃「土」字加「丿」加「子」字。其意為人人之中央戊己土（黃庭中土，莊嚴淨土，靈性進出正門之玄關），而「丿」字意為己之中央戊己土已得天命明師授記，而揭開其妙諦玄關。「子」乃得明師一指之人，已行內聖（之字叩首禮拜法）外王（大德敦化，感渡無數眾生）之功，故功德圓滿，他的「內聖」指玄關之內的靈性已如如不動莊嚴自在，成大聖成大佛；「外王」之意為玄關性王外的六根—眼耳鼻舌身意，皆平順於性王，故平常生活中，六根都不會恐怖顛倒錯亂，而迷失於六塵之中，都與先天性王合同，一起修辦道做佛事渡化眾生。以上乃孝字之真諦。

3、德之本也，此句乃倒裝句也，相等於「本之德」意為「之字叩首禮拜法」，乃明心性達本還原，恢復本性自然的根本大德妙法。

4、教之所由生也，大意是度他人受明師一指而悟道，並以「之字叩首禮拜法」教導他人感化他，所以人人由此生出大孝心，甚至生大大孝之心。

天命明師所教的「孝道」，是叫人明白「之字叩首禮拜法」之根本大德真諦，度人受明師一指，而得了一之大道，並以「之字叩首禮拜法」教導他，於日常生活時時刻刻，守玄默用三寶，甚至每日早中晚多多行使「之字叩首禮拜法」，自能感化自己與他人，而得以如金剛經第十六分所云淨化業障，及第二十四分所云福智無比。所以人人由此而生發出大孝心，甚至生發出大大孝心，最後人人成為孔聖、釋迦佛祖、地藏古佛、觀世音菩薩、基督教聖人耶穌、回教聖人穆罕莫德等五教的佛聖。

5、復坐，復者重復或再多次之意。坐者，兩「人」守一「土」，而此兩人指的是雙眼或真人（先天真人靈魂）及假人（有六根之後天假人肉體）。清靜地用三寶心法，止守內觀於中央戊己土之玄關。故復坐意為多次如此行守玄，及清心禪定以修內聖而克己復禮。

6、吾語汝。大意是吾字乃五及口二字之合，意為五官（眼官，耳官，鼻官，舌官，保壽官）中之第五官（保壽官），它是性在人在，性去人亡之靈性進出正門—玄關正門口。因如性不在我身，則我乃只有臭尸體而已那有「吾」之存在呢？故孔子說：「道不可須臾離也，可離非道也」。語字乃言及吾二字之合，而吾字乃靈性進出之玄關正門，而此靈性乃天命之謂性的性，它乃是「天不言，地不語」，也就是「上天之載，無聲無臭」。故佛曰：「不可說」。

既然吾之先天性王是無聲不言不說，則此「語」字乃無字真經（默誦無聲，不可言，不可說），即心經所云的大神咒，大明咒，無上咒，無等等咒唉。

汝字乃水及女二字之合，女乃真陰，故汝字意為真陰之水，概未得天命明一指的人，不知「之字叩首禮拜法」之真諦，故無法抽坎填離，真水真火無法引俱全，故孤陰水不生即無法生出發大孝心。即不懂孝道真諦而無法立身行道，揚名後世，以顯父母。故未得到明師指授的人，乃不懂孝道真諦的凡夫俗子。所以，吾語汝大意為傳孝道三寶心法給曾子。

六、「身體法膚，受之父母，不敢毀傷，孝之始也」。

孝之始，此乃內聖之功也，亦即大學所云：「格物，致知，誠意，

正心，修身」，即克己復禮曰仁之正己功夫，亦即已受天命明師一指悟道之人，開始行「之字叩首禮拜法」，此人「二六時中」，即每日時時刻刻、分分秒秒用三寶止守玄中（玄關中央戊己土），並於每日早中晚行「之字叩首禮拜禮」。一念不起，靈台無物，至誠不二，行之字跪叩禮拜中和之功，多次不斷克己復禮，及行抽坎填離七返九還之功，終於真水真火引俱全，而全身順行直洩之元精元神元氣返還、而天乾地坤各歸正位（佛歸本位），因而無上菩提及妙智慧大開。且身心靈皆恢復如剛出生嬰兒之原始狀態，身體髮膚都恢復健康，亦即六根皆不受六塵所污染，無五蘊之苦，故心無罣礙無有恐怖及顛倒錯亂，即道性心身合一，即四海（道、性、心、身四界）之內皆兄弟，亦即天人合一，故與天地合其德，與日月合其明，與四時合其序，與鬼神合其吉凶。

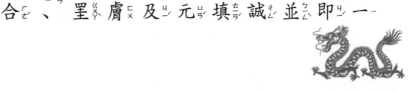

七、「立身行道，揚名於後世，以顯父母，孝之終也」。

此乃外王之功夫，即大學所云：「齊家、治國、平天下」之化大千功夫，乃濟世界為大同，化娑婆世界為蓮花邦，既然內聖中和之功已成，自然大德敦化於萬國九州

1、立身行道，乃謹守自己六根，使之不被六塵所染，而使肉身及清淨法身正立，不再受五蘊（色、受、想、行、識）苦，度一切苦厄。並且如金剛經所云：「掃三心飛四相」，亦即無過去心，現在心，未來心。更無我相、人相、眾生相、壽者相。明白凡所有相，皆是虛妄，故萬緣放下，心無罣礙，無有患得患失之恐怖，六根沒被六塵所染，不會整日困在吃喝嫖賭吸及殺盜淫妄酒等顛倒錯亂之中。如此方能向家人親戚，社區之至朋好友，同學，公司同事，各公會、商會、宗親會、公益法人團體、各級學校，社會賢達，乃至國家元首官員，甚至到他國向各階層等，推行孝道之真諦，渡化他們得受

天命明師一指，而得真道，並教導他們行「之字叩首禮拜法」，復返他們的元精元氣元神。並教導他們「新世紀蔬食健康方法」，讓他們得以分辨鹼性食物及酸性食物，明白只要將身體體質維持在微鹼性，PH值約為七點一至七點三，不要變成酸性體質，則身體得以遠離各種癌症、高血壓、糖尿病、肝心脾肺腎等病，並且提醒他們多吃含高纖維之食品，及「去三白」也就是少吃白糖、白麵條、白麵包、白飯，多吃糙米飯、五穀米、雜糧麵包，全麥麵包、全麥麵條等，避免吃太多蛋、或喝太多牛奶，維持低蛋白、低鈉且少油少鹽少油炸之飲食，且熱性（堅果類、芝麻、酪梨、榴槤等）及涼性食物（青菜水果）調配得宜。並且多運動或行「之字叩首禮拜法」，則可保持心情愉快、情緒穩定，常能如此則身心靈皆健康而合一，進而達到道性心身合一，即天人合一之一合相。

2、揚名於後世

平常如能重聖輕凡或聖凡並進、多多撥空學道、修道及推行道務、有始有終。相信如此不斷行使三不巧—立德、立功、立言，再加上不斷地去脾氣改毛病，並且持誦孝經、金剛經，最後必能業障全消除、福智無比，早晚必能功德圓滿，聖業、志業、道務鴻展萬國九州。如此則必成道而揚名於千秋萬世。

3、以顯父母，孝之終也。

一定可以像目蓮尊者積極行功立德、積累足夠功德，迴向給地獄的母親，以抵消母親之業障，而將母親從極陰冷黑暗痛苦無邊的地獄，超拔救出至西方極光明永遠極樂之世界。如此才是真正光顯父母及祖先，而不是只行小孝，給予父母身口之養；或中孝者雖是高官厚祿或名學者、巨富商賈、社會賢達、但因未行大孝之道、自己未得道，未學道、未修道、講道及推行道務，以致自己未成道，臨終時不僅因無功無德，而靈魂陷入地獄受苦不已，更不能超拔父母

祖先，出地獄等極陰暗之苦海。藉時才說早知道，應該奉行孝道時，已經後悔莫及了。這豈是明白孝道真諦，而有盡孝道的人呢？

八、夫孝，始於事親、中於事君，終於立身。

1、始於事親：明白孝道真諦之人，不僅已得明師一指點，且行深「之字叩首禮拜法」，故順行直洩之元精元氣元神已返還，內聖中和之功已全，故從自己以外，開始推行孝道真諦，此時必由侍奉父母開始，並啟發及力勸父母親、宗親、妻子、小孩、兄弟姊妹、姻親好友等，研究孝道真諦，並渡他們拜明師開智慧、及行深「之字叩首禮拜法」、並行孝道真諦的推展。

2、中於事君：真正奉行孝道的人，他至公司上班或至政府機關學校、公立事業公司或志業、公會團體等服務時，無論擔任任何角色、無論位階俸祿高低、甚至當老板、都要秉著推行孝道之精神，謙虛誠心恭敬待人，正心公正無私處事，如此方能中肯地推行孝道，以完成幫忙國君或元首或各級單位負責人，推展孝道於治國、平天下之責任，而圓滿自己事奉各級君上，推行孝道之聖業。使人人在臨終之時，都能顯揚其名，得以獲得推行孝道最高榮譽果位，並超拔人人之九玄七祖，出極陰暗之地獄苦海，而名標天榜，確立其清淨法身，得以莊嚴自在永垂於千秋萬世。如此方是盡大孝，甚至盡大大孝的人。

九、大雅云：「無念爾祖。聿修厥德。」

爾祖乃己之原祖古佛性（古聖靈性）；聿字乃惟字之意，厥字乃「其」也。

整句意：「清淨無一念於你的原始鼻祖（性王），亦即使你的原祖古佛或原祖古聖靈清淨而無任何雜念。惟有如此方能修圓豁達其至大玄妙之德性」。也就是金剛經所云：「應無所住而生其心」。

捌、學道靜思心得

一、何謂般若？

般者還也，若者順也，般若意為返還順行直洩之元精元氣元神也，此乃自己的六根眼耳鼻舌身意，迷困於六塵色聲香味觸法之中，而造成精氣神不斷外洩所致。若能找到靈魂之正門—玄關妙諦而揭開妙諦，常常守玄，意守中一，則人能常清靜，天地悉皆歸，自然精氣神能充滿，而身心靈自然合一，此乃天人合一之道。這過程必須多次練習（般若波羅密多的多字之意），久而久之（行深）自然與天地合其德，日月合其明，四時合其序，鬼神合其吉凶。

此乃論語：「學而時習之，不亦說乎」，及心經：「照見五蘊皆空，度其苦厄」，或「大神咒、大明咒、無上咒、無等等咒，能除一切苦」之真諦。因心無一念，靈台無物、所有六根都歸根收回於玄關內之佛性（中庸所云：天命之謂性），此乃歸根復命之真諦，及真實修養功夫。

二、美國留學奇遇

後學在美國留學時，假日常回講堂幫辦，並上進修課，但同學卻常去各處名勝古蹟、風景區、賭場玩，或看各種表演秀，有時我也會很心動。但當濟公活佛慈悲時，卻直指我的人心，看透我心動想與同學去玩，故慈悲說：「讓你此趟人生之旅，得以上山下海，週遊世界各國，甚至上外太空旅遊，遍覽名勝古蹟，遊盡所有美不勝收之好山好水風景區，嚐盡所有各地名食及山珍海味」，你能擔保自己像孔子，歸空後能遊回極光明永遠極樂的西方佛國世界或天堂嗎？且慈悲開示說：「人間美境，遠遠不如佛國世界，及天堂仙境的美麗清新自在」。更何況在世時，你大部分時間拿來遊樂，使你的六根（眼耳鼻舌身意）迷失而困於六塵（色聲香味觸法）之中，逝世後就回不了西方極樂世界，享受仙山妙境、瓊漿仙餚，反而困在地獄受苦，及受六道輪迴生老病死之苦厄，永遠無法自在。故濟公活佛慈悲建議聖凡並進齊修，並想想釋迦摩尼佛為何不當人人稱羨的國王？而觀世音菩薩為何不當人家求都求不到的公主呢？想通悟透了，你的人生將更光明亮麗，逝世後也能名標天榜，揚名後世，以顯父母。如此，此生則聖凡皆至真、至善、至善、至孝、至樂，身心靈更安心自在，豈不更有智慧呢？

三、有人問：在末法時期，你看到那位頓悟成佛了？

後學學習答覆：「是你因緣未成熟，所以未遇到吧！」因為金剛經說：「凡見所有相，皆是虛妄，即見如來」，你未能一心不起，靈台無物，故心相未除，外相纏擾，如何見真佛呢？就是真佛真理在你身邊你也看不到、悟不透、行不出來！金剛經中釋迦摩尼佛云：「若以色見我，以音聲求我，是人行邪道，不能見如來」。供你參考？

金剛經云：「須菩提！若有人言：如來若來、若去、若坐、若臥。是人不解我所所說義，何以故？如來者，無所從來，亦無所去，故名如來」。此如來有二義，一乃你自性如來，二乃如來佛，但你自性如來不見，如何見如來佛呢？如果自性如來不見，卻想見或見到外相之如來佛又如何？如來佛所留之經典你又沒勤學細參，你就不知道如何行深般若波羅密多，如何見自性如來？如何得遇如來呢？又達摩問神光：「萬法歸一，一歸何處？」聰明智慧如神光，都不知自己唯一不二之自性如來，歸皈在自身何處？請問你知道嗎？

當年釋迦摩尼佛拈花示眾，只有迦葉尊者一人會悟微笑，而釋迦摩尼佛接著說：「吾有正法眼藏，涅槃妙心，實相無相，不立文字，教外別傳。」請問你的正法眼（唯一不二，佛性進出之正門及所在地，也就是莊嚴又自在的淨土）在那裡？你知否？又你的涅槃妙心在那裡？你知道嗎？

六祖云：「不悟，即佛是眾生；一念悟時，眾生是佛，故知萬法盡在自心，何不從心中頓見真如本性？」菩薩戒經云：「我本元自性清淨，若識自心見性，皆成佛道」，故每人須頓悟菩提，各自觀心，自見本性。若自不悟，需覓大善知識，解最上乘法，直示正路。亦即三世諸佛、十二部經，在人性中自具有，不能自悟，須誠心及虛心求善知識指示方見。

五祖對六祖說：「不識本心，學法無益；若識自本心，見自本性，即名丈夫、天人師、佛。」故誠盼你能速明本心，見自本性，即見如來。

六祖云：「小根之人，元有般若之智，與大智人更無差別。因何聞法不自開悟？小根之人，緣邪見障重，六根被六塵所迷困，煩惱根生，受五蘊苦。猶如大雲覆蓋於日，不得風吹，日光不見。般若之智亦無大小，為一切眾生自心迷悟不同。凡迷心外見，修行覓佛，未悟自性，即是小根。」

又六祖也云：「若開悟頓教，不執外修，但於自心常起正見，煩惱塵勞不起，常不能染，即是見性。內外不住，來去自由，能除執心，通達無礙，能修此心，與（般若經）本無差別」故誡請開悟頓教，並且不執外修。

後學反問提問者：「您是否明白何謂是皈依自性真佛，何謂是皈依身外他佛？」

六祖又云：「善知識！自心歸依自性，是皈依真佛。自皈依者，除卻自性中不善心、嫉妒心、諂曲心、吾我心、誑妄心、輕人心、慢他心、邪見心、貢高心、及一切時中不善之行。常見自己過，不說他人好惡，是自皈依，常須下心，普行恭敬，即是見性通達，更無滯礙，是自皈依。」

又六祖自性真佛偈云：「真如自性是真佛、邪見三毒是魔王、邪迷之時魔在舍，正見之時佛在堂，性中邪見三毒生，即是魔王來住舍，正見自除三毒心，魔變成佛真無假。」又云：「若欲修行覓作佛，不知何處擬求真，若能心中自見真，有真即先成佛因，不見自性外覓佛，起心總是大癡人」。

至今你若仍不能頓悟自見自性真佛或自皈依自性真佛，請謙虛誠心學至聖孔子—「子入太廟每事問」，或找大善知識開導見性，方是禮門義路。

四、你了生死了嗎？有何證量？

有人問：明心見性已不簡單，你了生死了嗎？有何證量？我是不會犯「未證言證」，這個戒律的。

後學學習作解答如下：

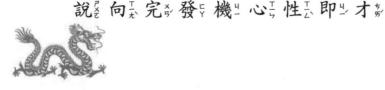

明心見性之法有二種，一種自己頓悟，只有大根器或大善知識，才可達到；一種是漸修（先得後修），即先請大善知識示導完性，即先受一指點（授記），揭開玄關妙諦（靈魂進出之正門，本心本性之所在），即先天榜註冊，地獄除名，另外加上二寶，此三寶乃心經摩訶般若波羅密多心經的密字，乃天機樞密，不得洩露，只有機緣成熟，須由兩人同時在先天講堂，於獻供請壇後，他們在佛前發誓願擔保您，保證你身家清白，品性端正，且你自己願意時，掛完號，將你的名字填入呈奏疏表，再經過大善知識（天命名師），向宇宙之造物主明明上帝（大日如來），稟奏疏表後，傳你以上所說

三寶佛（玄關）、法（無字真經通天大神咒）、僧（佛印）。得三寶前會有人幫你先開示道義，得三寶後也有講師幫你講解開示三寶，包括何謂三寶，三寶殊聖之處，得三寶之好處，及平常如何使用三寶來自修、自悟、自證。也可以先用各教經典印證三寶心法，然後應用三寶心法，來使自心皈依自性，即見自性真佛。也可參加法會及各種進修班，以學習印證三寶，並在平常生活力行存好心、說好話、作好事（佛事）。如您自己經研究印證三寶有誤，你可選擇放棄不修不學。但你印證三寶無誤後，你可繼續參學實證，並開始渡化眾生，像我渡你得三寶一樣，助人得道，即如金剛經福智無比分所云：「須菩提！若三千大世界中，所有須彌山王，如是等七寶聚，有人持用布施，若以此般若波羅密經，乃至四句偈等，受持、讀誦，為他人說，於前福德？百分不及一，百千萬億分，乃至算數譬喻所不能及」，此段的大意就是說：若有人將此般若波羅密經（自

性如來）及四句偈（印證三寶），為他人解說，並教人如何受（得受三實心法）持（持用三寶心法），教人讀（般若波羅密心經、金剛經等）誦（般若波羅密經、金剛經等），與有人拿著堆積聚集如三千大世界中所有如山王（須彌山），這麼多的七寶布施他人之福德相比，後者布施七寶之福德，不及前者受持讀誦自性三寶，並為人解說之功德，百分不及一，乃至只有百千萬億分之一，乃至用算數都無法比喻，受持三寶心法者的功德有多麼廣大。另外再請參悟「孔子問禮於老子」、「六祖得金剛密傳時」、「神光於少林積雪跪地，求達摩傳萬法歸一的情景」，如你已詳參徹悟，即知孔子，六祖、神光是否見性。縱使你已見性，仍須找天命名師以心印心，以得實證。請問你我皆是凡夫，與三位聖人祖師根基業障有相差懸殊，不賴他力印證，修幾世都恐難印證三寶。但只要你至先天講堂得到三寶心法，後學即可與你相互印證三寶心法，你即可知道此三

寶心法是否可以超生了死。如果你仍未得到三寶心法，礙難與你印證，否則因洩露天機樞密，佛規天律不寬容。盼你能見諒。

五、外號老頭子的高榮同學問：「道」？

愚後學試作一偈，學習回答：

老天之命乃謂性，頭陀妙心玄關中，
子能得一且了一，高榮孝立天榜名，
揚名中外及古今，九玄七祖齊飛升，
得免地獄輪迴生，大孝永垂齊天同。

此偈白話解釋如下：

老天之命乃謂性，語出中庸一書所云：「天命之謂性」，意是無極

理天（造物主、明明上帝）所賜予人之光明本命，就是所謂人的靈性。

頭陀妙心玄關中，意為人之源頭自性佛陀靈妙之心隱藏在玄關（靈性進出正門）正中竅門內。

子能得一且了一，此句中的子字，意為一個人能得唯精唯一不二之佛道，方能圓滿了除所有業障，使至善光明之唯一佛性能顯露出來（明心見性）。

高榮孝立天榜名，意為人生最高的榮耀為盡大大孝，修成正果，使己之名位正立於龍天榜之榜單中。

揚名中外及古今，意為因行孝道有成而名列天榜，修成極高之正果，位列仙佛之班，如此才是真正永久顯揚自己及父母親之名於中外古今。

也因如此，一子成道，九玄七祖都能沾您之光而從陰暗地獄受苦，可超升至西方極樂世界。故得以免受地獄等六道輪迴而受生老病死之苦。

大孝永垂齊天同，意為因如上奉行孝道的人，才是真正盡大孝之人，其大孝之名永垂千秋萬世（如堯舜及孔聖），其功德與天地合其德，且與天同高。

六、何謂允德圖義？

允乃中庸所云：「允執厥中」，意即二六時允領自性能執中貫一，而修中庸之道。更白話講，就是時時刻刻允領自性能執守玄中，也就是一念不起，玄關靈台內無一物，自心己性淨空清清靜，亦即金剛經所說：「應無所住而生其清心」，也就是凡見所有相皆是虛妄，即見自性如來，而如來佛同您悉知悉見，這也是如同清靜經所說：

「人能常清靜天地悉皆歸」。

德字，乃能克己復禮而達以上修持者乃聖佛也，可與天地合其德，日月合其明，四時合其序，鬼神合其吉凶。即大德者必受天之明命，故大德者其心與天心同，心量如天寬廣無限及公心一片，對眾生平等觀之，如孔子有教無類，誨人不倦（度人求得大道，同發心愿實行大大孝之孝行，直至修成正果前，毫無倦心）。故大德敦化，風行草偃，凡所渡化之人，其六根（眼耳鼻舌身意，）必不會迷失而困於己身外的六塵（色聲香味觸法）之中，而在六道輪迴受生老病死及五蘊（色受想行識）之苦厄，而隨時隨地心守玄中，執中貫一，了無一念，故大德者必至誠如神，大孝感天，故心享事成，即人有善愿，天必從之，也就是大德者其心（合天心），應天之心而有所圖（計劃之藍圖），故天必應許之，並且派遣諸天神聖，萬仙菩薩，搭幫助道，形成萬眾一心，同心同德，同修共辦，齊心戮力，圓滿完成上天及大德所圖之大願及一大事因緣，而實現大同世界或蓮花邦佛國。義乃禮門義路之意，禮者理也，乃無極理天之意，而義乃正義無偏差之大行，其行深可證阿耨多羅三藐三菩提也。

故禮門義路簡單講就是：『回返無極天之正門玄關，就是正義無偏差而且是唯一才是，其他都不是的金剛般若波羅密之行，也就是盡大大孝之行，如能常守玄，用三寶實行真人靜坐，並實行多次不斷懺悔自心，反省己行，使己之六根不被六塵所染，不再受五蘊苦，而一心清淨無一念，深契無生法忍，而寵辱不驚，其心如如不動，尤如釋迦摩尼佛被歌利王，一刀刀砍割支解時，心中不起任何瞋恨心，心身皆無三心（過去心、現在心、未來心）及四相（我相、人相、眾生相、壽者相），反而行慈忍對歌利王說：「如我成道，第一個渡您。」如此行忍辱波羅密，甚至無忍辱波羅密，則必修成究

竟無我之阿耨多羅三藐三菩提（無上正等正覺）之正果』，能如此行深此大義之行，無事不辦，無事不成，何懼大同世界或蓮花邦佛國之一大事因緣，無法完成呢？

七、陳明雄同學冠頂偈：

陳一不二掃三心，明四相無空五蘊，
雄淨六塵和七情，八正九陽圓十恩。

此偈白話註解如下：

求得玄一妙道的人，深明大道雄冠古今中外（明雄之意），他真知、道真、理真、天命真，了解大道至尊至貴，非時不降，非人不輕傳，非現今天時緊急，已到白陽末劫期，眾生道德淪喪殆極，禮義不明，孝道不彰，天災人禍不斷，故展大雄志發大慈悲心，陳述萬法歸一，一歸無上之妙道，並盡心盡力陳傳此上乘大法，海內外四處奔波，如孔子周遊列國，釋迦摩尼佛講經說法四十多年，廣渡有緣眾生，深信並行深此唯精唯一不二之無上玄妙大道，若能時時守玄中，常用自性三寶心法，返還自己由六根（眼耳鼻舌身意）順行直洩之元精元氣元神時，即能達到如易經所說：「易，無思也，無為也，寂然不動，感而遂通」，而能夠進一步達到與天地合其德，日月合其明，四時合其序，鬼神合其吉凶之天人合一境界。此時頓刻掃清三心（過去心、現在心、未來心），且心無一念，靈田無一物。一心清靜，而達如道家清靜經所說：「人能常清靜，天地悉皆歸」之妙境，也能如不識一字之六祖惠能，只聽別人誦金剛經至「應無所住而生其心」，就能契入妙道得悟。

達到以上至誠修道境界的人，必能深明四相皆空，而將之掃至「無無寂無」之妙境，此時自己有習染的陰陽二心，頃刻間人心（陰心）

守死，佛心（陽心）光明顯現，此乃「無人相」；而「無眾生相」，乃是人除心根以外之五根（眼耳鼻舌身）已修空守淨，在日常生活做到如孔聖所說：「非禮勿視，非禮勿聽，非禮勿言，非禮勿動」；故進而能做到「無我相」，而掃除所有吃喝嫖賭吸，殺盜飲妄酒之習性及稟性，而返回「人之初，性本善」之性空境界；以致達到「無壽者相」妙境，而使原本就「不生不滅、不垢不淨、不增不減」之清淨自在如來佛性，得以在自身顯現出來，因原本佛性不生不滅，故長生不死，即無量壽之意也。能如以上修為，即能掃去四相而達無我相，無人相、無眾生相、無壽者相、而達到道性心身四界合一，也就是「天人合一」。能如此，則此人之五蘊（色受想形識），自然淨空，而達到心經所說：「照見五蘊皆空，度一切苦厄」。此度一切苦厄，意指自己能心無一念，靈台無物，心性常清常淨，真常應物，真常得靜，而常應常靜，不染六塵六識六界，故累世業障淨除，百年歸空時，自己的莊嚴自在清淨法身（佛性、靈性），得以成聖成佛，返回無極理天，並超拔父母九玄七祖飛升無極理天，而與己同享永久光明極樂，而不再於地獄等六道，受生老病死等輪迴之苦，而盡完今生最大孝道之職責而報父母恩。

因為自己深明大道雄冠古今中外（明雄之意），故守身如玉，守心如金剛，故己之身心不被六塵（色聲香味觸法）所染，故六根守淨，六塵自空。此時必達中庸所說：「喜怒哀樂之未發，謂之中；發而皆中節，謂之和。中也者，下之大本也；和也者，天下之達道也。致中和，天地位焉，萬物育焉」。此乃和七情之意也

八正，即八正道，也就是正見、正思惟、正語、正學、正命、正精進、正念、正定。正乃止於一之意，也唯有守一、止於一的人，才能剛正不阿的修道得證，如金剛不壞的莊嚴自在之清淨如來法身（佛性），而成佛成聖。故八正道，乃以下八種止於唯一不二自性佛的妙

法。其方法是得一（見一、正見也），守一（思惟一、正思惟），語一（講止於一之無上不二正道，正語也），學一（止於一之學，正學也），止一（止於一及人一叩曰命的真人靜座或之字叩首禮拜至法妙道，即正命也），精一進一（精進止於一），念一（一念皆止無，即念一），定一（止一，而達到禪定之境界）。如此實心懺悔及實心修煉，而精進以上八正道所言的一至法妙道後，最後得證九陽神功，也就是自身得見永久不壞，能超越時空的金剛佛性（莊嚴自在，清淨無比、純陽不染六塵、如其本來、永生不滅、至尊至貴的佛性）。更因自己及所度之有緣眾生，也成聖成佛，故同皆拔升父母九玄七祖至無極理天，齊享永久光明極樂，盡完此生之最大孝道，故圓滿報答十方各界之恩，舉諸如：

明明上帝造道、降道、慈滅業障、得成佛道等恩，天地養育恩，諸天神聖搭幫助道恩，歷代祖師鴻慈恩，明師點道教化恩，大德前輩苦心傳承成全恩，傳道成全恩、壇主設壇法船濟化恩，發願引保得渡恩，所有講師佈道成全恩，所有辦事人員講員辦道及炊事供齋成全恩，所有同修互助互愛相互成全恩，九玄七祖祖德流芳恩，父母生育養育教育培育恩，兄弟姊妹同胞互助恩，夫義婦順互持互勉同修共辦恩，子女孝心侍奉恩，所有親朋好友、同僚同儕相攜相提陪伴互助恩，所有士農工商法教等教育滋養恩，國家社會保護安定培養恩，水火風昇華供能造化滋養恩，植物花草樹木供食滋養、築屋蔭涼、美觀造化恩，奇禽異獸、寵物、蜂鳥花粉傳佈、奇賞悅心禪意恩。因一己成道十方各界都沾恩，故圓滿報答十方各界恩，而普天同慶皆大歡喜。

八、謝文欽老闆冠頂偈及偈解：

謝世孝子即成仙，文以載道唯聖傳，

欽行大孝得一始，立身修道拔九玄。

此偈白話註解如下：

孝字為土加／加子三字之結合，土意為自己靈性進出之正門玄關，其所在位置為自身之中央戊己土，已受天命明師一指點（／字意），而且得道後時時守玄中，常默習自性三寶心法，有空也常學道，並渡人得道，也把所渡之人加以成全，使他們都能實行此大孝道，學習做大孝子，而且已深深了解此無上唯精唯一之妙道（子字乃了及一兩字之合），並已達了悟（了字意了解、了悟、了清）階段，了清所有無明業障，故心存感謝天恩師德及父母與所有親朋好友，更感謝所有講堂及社會國家的栽培，才有此生報恩了業之行功機會，以致百年歸空時，可以功德圓滿，立即成聖成佛。

孔子之文章或所有五教經典，都有載明無上妙一之大孝道，此乃天機樞密，故只有大德佛聖者，受天之明命，方可傳此最上乘大法。孝子想要欽奉實行大孝道，惟有先訪尋天命明師得道，受明師一指點，方能真正開始用自性三寶心法，而得以了解心經之鑰，而多次行深摩訶般若波羅密心經，達到如心經所說：「三世諸佛，依摩訶般若波羅密多，得阿耨多羅三藐三菩提」，也就是無論過去世，現在世及未來世，此三世之所有成佛者，都是先得妙一之大道，而行深得道時所獲得之自性三寶心法，而證得無上正等正覺，自身之元精元氣元神皆返圓，故內聖外王之功德圓滿，而成仙成菩薩成聖成佛。因此我們須知，未受明師一指點得道之人，最多只能行小孝及中孝，因自己無法成道而成仙成佛，故無法超升父母及九玄七祖至無極理天，永享極樂光明，故無法行大孝或最大孝呀！唯有得明師一指點之人，方能修行自性三寶心法妙道，卓立其無上莊嚴自在清淨法身，使自己及所度之眾生都成聖成佛，都可超升父母九玄七祖至無極理天。

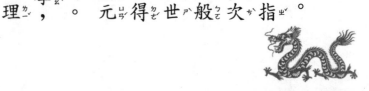

玖、之字跪叩禮拜法：

一、誠心一叩，回歸太極，心誠一叩，不可思議！

(圖一)

二、有健康的問題嗎？有社會的問題嗎？有教育的問題嗎？有智慧的問題嗎？

若有以上問題的人可以試著，依上述叩首方法來叩頭一次、十次、百次、千次、甚至、、、此是對天地無上感恩與尊崇。再迴向給一切眾生(含神明、祖先)，利益一切眾生，使自己的身心靈得到清淨，讓自己可以冷靜及產生智慧，或許可以解決或改善上述問題。

（表一）脊椎神經反射圖

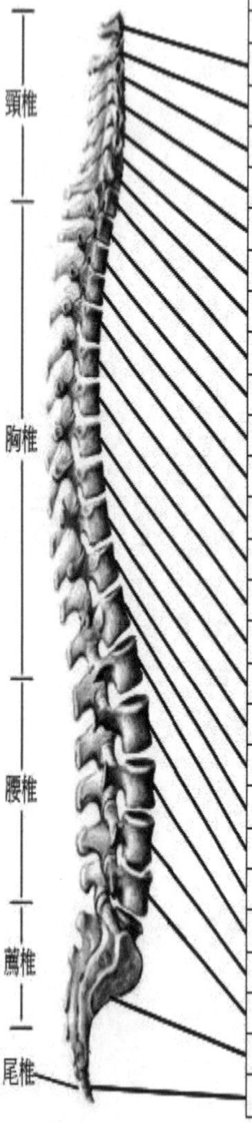

脊椎神經對照表		
脊椎	對應部位	可能症狀
C1	腦部血流;腦下垂體;頭骨;顱骨;中耳;內耳;交感神經系統	頭痛;緊張;失眠;高血壓;偏頭痛;貧血;頭暈;慢性疲勞
C2	眼球;視神經;聽神經;鼻竇;舌頭;前額	鼻竇炎;過敏;斜視;耳聾;眼睛問題
C3	臉頰;外耳;牙齒;臉骨;顏面神經;三叉神經	神經痛;青春痘;濕疹
C4	鼻子;嘴唇;口;耳咽管	過敏性鼻炎;重聽;扁桃腺腫大;鼻膜炎
C5	聲帶;咽喉;頸部腺體	喉炎;沙啞
C6	頸肩部位;扁桃腺	頸肩僵硬;上肢疼痛;扁桃腺炎;咳嗽;哮吼
C7	甲狀腺;肩肘部位關節滑液囊	關節滑液囊炎;甲狀腺問題
T1	食道;氣管;手肘以下	氣喘;咳嗽;呼吸困難/急促;手(肘)部疼痛
T2	心臟	心臟問題;胸痛
T3	肺;氣管;胸膜;乳房	氣管炎;胸膜炎;肺炎;鼻塞;流感
T4	膽囊	膽囊功能失調;黃疸;帶狀皰疹
T5	肝;血液功能;腹部交感神經叢	肝功能;低血壓;貧血;循環不佳;關節炎
T6	胃	緊張性胃痛;消化不良;胃灼熱
T7	胰臟;十二指腸	胃炎;潰瘍
T8	脾臟	免疫功能低落
T9	腎上腺	過敏;蕁麻疹
T10	腎臟	腎臟問題;血管硬化;慢性疲勞
T11	腎臟;輸尿管	皮膚問題;濕疹;青春痘
T12	小腸;淋巴循環	類風濕症狀;胃痛;不孕
L1	大腸;鼠蹊環	便秘;腸炎;腹瀉;疝氣
L2	盲腸;腹部;大腿	腹絞痛;呼吸困難;靜脈曲張;酸中毒
L3	性器官;膀胱;膝蓋	膀胱問題;月經問題(疼痛;不規則);流產;陽痿;尿床症
L4	攝護腺;下背;坐骨神經	坐骨神經痛;下背痛;頻尿
L5	小腿;足踝	下肢循環不佳;腫脹;小腿抽筋;足部冰冷
薦椎	髖關節;臀部	脊椎彎曲 骶髂關節問題
尾椎	直腸;肛門	痔瘡;尾椎疼痛

三、讓心念歸一叩首禮拜法（之字跪叩禮拜法）：

（一）、日常生活之中隨時藉叩首禮拜，來帶動發揮『浩然正氣』以平息心念，償付無形之因果。

（二）、此法乃最原始的太極運動，如你將之當作一般的運動進行，也對你的身心靈有很大的幫助。

（三）、叩首前最好保持空腹，先喝五百毫升的水，再進行叩首禮拜，否則容易傷到腸胃等消化系統，叩首後最好再喝適量水份。

四、讓心念歸一叩首禮拜之動作程序：

（一）、雙腳跪在地上之毛巾或拜墊上，兩膝併攏切齊，腳跟併攏切齊，雙手合抱，左手抱右手，彎躬將手放在額頭正前方的拜墊上，雙手最好靠近雙膝。（如圖一）

（二）、叩首時雙眼回觀鼻頭、鼻觀心、此時全身的注意力及心念自然收攝，舌頭頂於上齒床之內上方，叩首時口中產生津露，則請吞入腹中。

（三）、全身心念放下，雙手雙腳放鬆，頭部一上一下自然叩動，手勿拍動。

（四）、當頭部上下叩首時，臀部自然往後、往下帶，藉彈力做反復太極叩首運動，手肘也會跟著頭部自然曲彎運動。叩頭上下的幅度；下時，以額頭稍接觸到了手背，上時頭部抬高約十至三十公分。

（五）、叩首時，心念專注『明點』，感恩天地，懺悔自己，如此即能培養『浩然正氣』

（六）、叩首更可以在全身形成一浩然正氣磁場迴路；藉由叩首，將此正氣，由頭部經脊柱帶至全身五臟六腑，及四肢百骸的神經管道及脈絡末梢（如表一），洗禮全身，如此自然改善人的體質，使

人永保青春健康，而且記憶力改善，智慧自然開展。

五、注意事項：

（一）、如頭部不叩動，而是腰部叩動，則無法調理心念，即無法產生正氣磁場回路與不易感覺『功能』的奧妙；又頸椎無叩動，其反射部位機能的健康將無法改善。

（二）、如果叩首時間過長，頭部會有心血阻塞充脹疼痛之感，此乃你的『明點』　未開之故。叩首時不可算數叩頭次數，避免分心，以達心念歸一。

（三）、叩首對躁動兒，精神官能症，失眠症，躁鬱症，脾氣暴躁，工作緊張壓力大者，有特別舒緩及改善的效果。

（四）、在叩首時，如頭部不叩動、幅度太小，速度太慢，或過快，或手有拍動，是無法達到專注與無雜念的忘我境界，如能專注，無雜念，快者數天，自己就會體驗此叩首之『道』的功能，及個人在身心靈方面的超越。

（五）、讓心念歸一叩首禮拜法對身心靈健康有許多好處，卻有三歲孩兒皆知曉，八十老翁做不到之憾，其原因為不瞭解叩首好處，故可能叩了幾下就覺得心浮氣躁，或叩頭時，平打哈欠，噁心，或頭昏、或局部痠痛，叩不下去，甚至叩完頭後很累，很想睡覺，或產生針刺，或身體局部會癢，或舊傷復發，或突然想起以前不記得的往事，以上種種身心靈上所產生的反應，這就表示他的行為功效已經產生了，這是中醫所謂的『暈眩反應』的一種好轉正常現象，這是人體內，無形的眾生感受到叩首所帶動的『浩然正氣』震撼與刺激，因此產生了不安，想要脫離的傾向，顧遇此狀況，更要沉住氣繼續專注叩首，一段時期後，此現象會自動消失，使精神安定。去除心靈之病根，達到病毒速除能不思善，不思惡，專注無雜的平常心念—『正念』，就能與『身心靈能』彼此發揮作用，達到不可思議的功效。

六、行使之字跪叩禮拜法的好處：

(一)、你的孩子有注意力、記憶及學習力不佳，造成學習困難，粗心大意、頑皮不安、躁鬱、恐懼等身心問題，你又不想打罵時，請您們試用此法。

(二)、現代的學校教育及家庭教育，因不能體罰，造成老師及家長無力困惑，更無法帶動孩子品德知識共同成長時，請您們試用此法。

(三)、家人有難癒宿疾嗎？你日常覺得心浮氣躁，志屈不展，或家人有暴力自殘傾向。以上解決方法可法可利用對天地叩頭，作為懺悔、感恩父母師長及學習尊重，既不體罰學生又能令學生低下反省、自制，進而改善身體機能健康，並想使思考力增進時，請您們試用此法。

七、如何使此叩首禮拜法，在自身發揮最快及最大功效：

如果要叩首禮拜法，在自身發揮較大功能，最好以『清性飲食』同時進行，在日常飲食，最好能以吃植物性的食物代替動物性食物，因植物性食物，屬於陽性、清性，活性，不存意識，且屬於鹼性健康食物，攝取它，對身心有益，絕不會有身心汙染及締結因果，身體體質易維持在弱鹼性，永保健康，心情愉快。

動物性食物屬於濁性、陰性，惰性含動物病變，尤其動物宰殺時，由於潛含恐懼憤怒，怨恨和無奈心結，引起生理種種酸性毒素，及動物對生命的執著，飲食者如果吃動物性食物，也自然將病變毒素及意識吃入身心中，產生破壞健康，影響心靈，與動物締結因果關係，造成身體的心識問題與酸性體質，成為癌症等不易治癒疾病。

晨星叢書

新世紀文心雕龍

作者　王世仁
e-maill　bright.supply@msa.hinet.net
校對　王世仁
封面設計　王志峯

創辦人　陳銘民
發行所　晨星出版有限公司
台中市 407 工業區 30 路 1 號
TEL：04-23595820　FAX：04-23550581
E-mail: service@morningstar.com.tw
http://www.morningstar.com.tw
行政院新聞局局版台業字第 2500 號
法律顧問　陳思成律師
初版　西元 2015 年 07 月 10 日

印刷　上好印刷股份有限公司

定價 350 元
（如有缺頁或破損，請寄回更換）
ISBN 978-986-433-017-8

國家圖書館出版品預行編目資料

新世紀文心雕龍 / 王世仁編撰 . -- 初版 . -- 臺中市 : 晨星 , 2015.06
面；　公分 . -- (晨星叢書)

ISBN 978-986-443-017-8(平裝)

1. 漢語　2. 讀本

802.8　　104009154